Max Rhode
Die Blutschule

Titel auch als Hörbuch und E-Book erhältlich

Max Rhode

DIE BLUTSCHULE

Roman

BASTEI LÜBBE TASCHENBUCH
Band 17 267

Dieser Titel ist auch als Hörbuch und E-Book erschienen

Originalausgabe

Max Rhode wird vertreten von der AVA international GmbH
www.ava-international.de

Textredaktion: Regine Weisbrod, Konstanz
Umschlaggestaltung:
Pauline Schimmelpenninck Büro für Gestaltung, Berlin
Umschlagmotiv: © getty-images/ideabug
Satz: Urban SatzKonzept, Düsseldorf
Gesetzt aus der Garamond
Druck und Einband: GGP Media GmbH, Pößneck
Printed in Germany
ISBN 978-3-404-17267-2

5 7 6 4

Auszug aus einem Interview, das der Autor vor Erscheinen seines Debütromans gegeben hat:

INT: Herr Rhode, »Die Blutschule« ist Ihr Debütroman, der den Leser mit einem sich von Seite zu Seite stetig steigernden Tempo zu den finstersten Abgründen der menschlichen Seele treibt. Und weit darüber hinaus. Wie kommen Sie auf Ihre Ideen?

MR: Ich weiß es nicht. Ich glaube, kein Autor hat darauf eine schlüssige Antwort. Es ist nicht so, dass ich mich an den Schreibtisch setze und dort auf eine Idee warte. Eher lauern die Ideen irgendwo da draußen auf mich und warten, dass ich auf sie stoße.

INT: Können Sie uns dafür ein Beispiel geben?

MR: Letztens fuhr ich mit meinem Wagen durch den Landkreis Oder-Spree am Ufer des Scharmützelsees eine Allee entlang, und da sah ich an einer ansonsten leeren Badestelle einen Mann auf einer Rasenfläche liegen, ganz alleine, nackt, wie Gott ihn schuf. Natürlich wusste ich, dass er einfach nur in Ruhe die Sonne anbetete, aber ich fragte mich, was wäre, wenn dieser Mann an Land gespült worden war, vielleicht weil er einen Verkehrsunfall hatte? Wenn das Auto verschwunden wäre und mit ihm seine gesamte Familie? Was, wenn er in wenigen Stunden in einem Krankenhaus aufwacht und niemand ihm Glauben schenken will, dass er sich nicht erinnern kann, wo seine Familie ist? Sie merken also, eine ganz alltägliche Szene kann sich in meinem Kopf sehr schnell zu einem Horrorszenario entwickeln …

Für Toffi

Spieglein, Spieglein an der Wand –
wer ist der Schlimmste im ganzen Land?

Patiententagebuch – Anfang

Na schön, dann beginne ich mal damit, den ganzen Irrsinn aufzuschreiben, so wie Dr. Frobes es mir empfohlen hat, obwohl ich bezweifle, dass es irgendeinen therapeutischen Nutzen haben wird, noch einmal dorthin zurückzukehren, wo die Angst wohnt, wenn auch nur gedanklich; zurück in das Baumhaus etwa oder in das Klassenzimmer, *ach herrje,* das Klassenzimmer, verdammt.

Egal, ich hab ja Zeit hier drinnen. Und vielleicht, wenn ich mich gut führe, wenn ich meinem Seelenklempner den schwachsinnigen Wunsch mit dem Erinnerungstagebuch erfülle, vielleicht darf ich dann ja wieder nach draußen; wenigstens für eine halbe Stunde. Nur in den Hof, mal wieder einen Baum sehen, einen beschissenen Vogel oder einfach nur das Tageslicht. Mann, Freigang, so wie damals in der Jugendpsychiatrie, das wär's.

Also gut, wo fang ich an? Vielleicht mit dem schönsten Tag meines Lebens, als der Teufel einem Seelenverwandten seine Haustür öffnete. Wieso nicht? Beginne ich mit dem Todestag meines Vaters. Und ich meine den endgültigen. Nicht den, an dem wir ihm das erste Mal das Leben nahmen, aber dazu später.

Am Ende, seinem *wirklichen Ende*, starb Vitus Zambrowski so, wie er gelebt hatte: allein und qualvoll. Wobei *allein* sich natürlich nur auf die letzten Jahre bezieht, in denen er die meiste Zeit des Tages zornig auf seinen Fernseher gestarrt hatte, immer einen Fluch parat, sobald ein Schwarzer im Programm auftauchte, oder eine Nutte, die er in jeder geschminkten Frau vermutete. In den Neunzigerjahren, der Schattenzeit, wie ich sie nenne, hatten einige Menschen das Pech gehabt, mit ihm unter einem Dach leben zu müssen. Ich zum Beispiel – nennen Sie mich Simon –, mein Bruder Mark und dann natürlich unsere liebe Mutter, deren Schicksal ich meinem ärgsten Feind nicht wünschen würde. Dabei traf sie doch keine Schuld an allem, was geschehen war. Oder doch?

Nein, ich denke, schuld war der See, auch wenn sich das jetzt lächerlich anhören mag, aber Sie werden wissen, was ich meine, sobald ich Ihnen von dem Tag erzähle, an dem das Mädchen fast ertrunken wäre, wenn mein Vater es nicht gerettet hätte. Ja, Papa war nicht immer nur böse, ganz im Gegenteil. Er hatte auch liebenswerte Seiten, eine sanfte, humorvolle und großzügige Ader, jedenfalls bevor er den »Kontakt« hatte, wie Stotter-Peter es in unserer Gegenwart genannt hatte, kurz bevor man ihn im Einkaufswagen die Brücke hinunterstürzte.

Aber Stotter-Peter hatte recht, und bis heute habe ich kein besseres Wort dafür gefunden, was damals am Storkower See passiert war. Ich meine, was *wirklich* geschah.

Mein Vater hatte Kontakt, und dieser Kontakt veränderte sein Wesen, tötete alles Liebenswerte an ihm und um ihn herum ab, bis ihm am Ende nur noch die Glotze blieb, die nach unserem Auszug aus dem Elternhaus in Wendisch Rietz zu seinem Familienersatz wurde – nur dass er auf sie nicht ganz so oft einprügelte wie auf uns.

Auch an dem Tag, als der Tod ihn endlich fand, hatte Vitus zuvor stundenlang stur auf die Mattscheibe geglotzt, die Zigarette einer Billigmarke aus dem Supermarkt im Mund, die Zähne so gelb wie seine verpilzten Zehennägel. Erstickt, qualvoll. An einem verdammten Stück Toastbrot, kann man das fassen? Der alte Idiot hatte zu viel auf einmal reingestopft, es runtergeschluckt und den Brei in die falsche Röhre bekommen. Sein Todeskampf soll lange gedauert haben, sagte zumindest der Arzt, der den Totenschein ausstellte, und ich wette, es geschah bei »Wer wird Millionär?«, als an diesem Tag die Asiatin es bis zur 500 000-Euro-Frage schaffte.

Bestimmt hatte mein Vater sich vor Wut das ganze Toastbrot auf einmal in den Mund gepresst, weil eine ... (entschuldigen Sie, aber ich muss ihn wörtlich zitieren, wenn Sie ihn wirklich kennenlernen wollen), also aus Wut darüber, dass eine »Schlitzaugenfotze« eine halbe Million abräumte. Dass er selbst den Staat dank seiner arbeitsscheuen Einstellung die letzten Jahre über nicht sehr viel weniger gekostet hatte, kam ihm nie in seinen verblendeten Sinn.

Das Begräbnis, zu dem ich gegangen war, einfach weil ich sichergehen wollte, dass der alte Bastard nicht wiederaufersteht, so wie zuvor, war kurz und schmerzlos.

Mein Vater hatte keine Freunde, nur eine vom Staat bezahlte Pflegerin und einen Gerichtsvollzieher, der hin und wieder bei ihm vorbeisah, ob es nicht doch noch irgendetwas gab, das er pfänden konnte. Beide ließen sich natürlich nicht blicken, als Vitus zu den Würmern gesenkt wurde, und so war ich der Einzige, der den Lügen des Pfarrers zuhören durfte, à la: »Wir haben ein treues Gemeindemitglied verloren«, »er war ein liebender Vater« (an dieser Stelle hätte ich mich beinah auf den Sarg übergeben) und – jetzt kommt die beste Plattitüde aus dem Handbuch

Trauerreden für Dummies – »er ist viel zu früh von uns gegangen«.

So ein Quatsch. Zu spät war es.

Viel zu spät.

Meister Tod hätte mal den Finger aus dem Po nehmen und sehr viel eher bei uns vorbeischauen können, mindestens zwanzig Jahre früher etwa, als ich dreizehn und Mark ein Jahr älter gewesen war. Kinder, die nicht mehr an den Weihnachtsmann glaubten, wohl aber an den Seelenspiegel am Grunde des Storkower Sees, der damals, in der schlimmen Zeit, am Ende die einzige Hoffnung war, die wir Brüder noch hatten.

Natürlich weiß ich, dass mir die Geschichte hier niemand abkaufen wird (*nicht für drei Groschen*, wie Vater immer lachend kommentiert hatte, wenn ihm jemand einen akkubetriebenen Rasenmäher andrehen wollte, einen beleuchteten Werkzeugkoffer oder irgendein anderes neumodisches Gerät, das er angeblich für seine Arbeit gebrauchen konnte). Und ich meine hier nicht mal den Teil meiner Geschichte, den ich selbst kaum glauben mag, weil er noch immer mein geistiges Vorstellungsvermögen sprengt – und das, obwohl ich selbst dabei gewesen bin! Nein, ich rede von den realen Dingen – von dem, was mein Vater uns angetan hat –, die Sie daheim auf Ihren Lesesesseln, das schwöre ich Ihnen, nicht wahrhaben werden wollen. Einfach weil Sie denken, dass Eltern *so etwas* nicht tun.

Ich kann Sie verstehen, ehrlich.

Würden Sie akzeptieren, dass ich Ihnen hier die Wahrheit erzähle, müssten Sie auch akzeptieren, dass es das Böse gibt und dass das Böse am Ende immer überlebt, wie eine Kakerlake nach dem Atomkrieg. Tja, tut mir leid, aber ich fürchte, genauso ist es.

Ich habe kein Problem damit, für einen Lügner gehalten zu werden. Oder für einen Schwachkopf, wie Dr. Frobes hier in der Geschlossenen es tut, dieses schmalgesichtige Frettchen, das heute übrigens noch genauso aussieht wie auf dem gerahmten Abschlussfoto von der Freien Universität vor über zwanzig Jahren, als er sein drittes Examen bestanden hatte. Nicht, dass er jung geblieben wäre, nein. Dr. Fabian Frobes (ich hasse Eltern, die ihren Kindern Alliterationsnamen verpassen) sah schon damals aus wie achtundfünfzig. Vielleicht sogar noch älter.

Aber ich schweife ab. Kommen wir zurück zur eigentlichen Geschichte. Springen wir in die Vergangenheit, zum 2. Juli 1993. Der letzte Tag, bevor ein Bluthund namens Terror Witterung aufnahm, die Nase fest auf den Boden gepresst, einer unsichtbaren Spur folgend, den ganzen Weg von der Hölle bis direkt zu uns nach Hause.

1. Kapitel

Sonnenblumen. So weit das Auge reichte.

Das Feld, das sich von der Landstraße bis zum Wald zog, war ein gewaltiges, braungelbes Blumenmeer.

Meine Mutter drehte sich von dem Vordersitz zu uns nach hinten, eine Hand, wie immer beim Autofahren, auf Papas Oberschenkel abgelegt, und lächelte ihren Jungs zu.

Sie schien noch immer unendlich müde, obwohl sie eine Weile lang geschlummert hatte, den aschblonden Kopf an die summende Seitenscheibe des VW-Busses gelehnt, der uns in eine neue Zukunft fahren sollte.

Der Umzug hatte sie völlig erschöpft, auch wenn es nicht so viel zu schleppen gab. Unser gesamtes Hab und Gut passte in den kleinen Anhänger, den die babyblaue Hippie-Raupe hinter sich herzog. Mamas Müdigkeit kam nicht allein von der körperlichen Anstrengung, auch nicht von den dreißig Grad im Schatten, die den Asphalt vor uns zum Flimmern brachten, sie hatte eine andere Ursache; das spürte ich selbst mit meinen dreizehn Jahren schon sehr genau.

Kinder haben vielleicht nicht immer die richtigen Worte, aber oft gute Antennen, *Gefühlsantennen*, die manchmal sehr viel besser geeicht sind als die der Erwachsenen. Und meine Antenne sagte mir, dass Mama Angst hatte. Nicht die Sorte panischer Verzweiflung mit aufgerissenen Augen und zitternden Händen oder so. Eher unterschwellig. Subtil. Womöglich hatte sie es selbst noch gar nicht bemerkt, dass sie von einer unsichtbaren, grauen Wolke namens Vorahnung umhüllt war, die dafür sorgte, dass die Welt vor ihren Augen etwas weniger hell und farbenfroh erschien. Wahrscheinlich dachte sie, die Appetitlosigkeit, das Magengrummeln und die feuchten Hände wären die Vorboten einer nahenden Erkältung, aber damit lag sie falsch.

Rückblickend weiß ich, sie war die Einzige, die gewusst hatte, wie groß der Fehler war, den wir machten, als wir nach draußen in die Ödnis zogen, und dass auf uns sehr viel Schlimmeres wartete als lediglich abgeschiedene Langeweile. Und dass Papa den Teufel zum Kichern gebracht hatte, als er uns am Familientisch eröffnete, wir könnten in Brandenburg einen Neuanfang wagen; dem Pech, das ihn und damit unsere gesamte Familie in Berlin verfolgt hatte, hier im Landkreis Oder-Spree entkommen.

»Sind wir schon da?«, stellte Mark eine Frage, die so klischeehaft war, dass sie damit Kinder-T-Shirts bedruckten, nur dass mein Bruder schon seit neun Jahren nicht mehr fünf war.

Früher als ich hatte er bemerkt, dass Papa den Blinker gesetzt hatte und nach rechts auf einen Parkplatz einbog, der zu einer kleinen Laden- und Restaurantzeile an der Landstraße gehörte. Wir hielten unter dem Vordach eines Geschäfts mit milchigem Schaufenster und einem Schild darüber, auf dem der Schriftzug »Kurts kleiner Kiosk« abblätterte.

»Noch jemand Durst?«, fragte er, und bevor Mama mit dem Hinweis auf unsere knappe Haushaltskasse protestieren konnte, gaben wir Jungs schon unsere Bestellung auf.

»Logisch, und ein Eis.«

»Und Pommes.«

»Klar, Pommes im Kiosk.« Mark tippte sich auf den Schirm seiner Baseballkappe.

»Wieso nicht?«

»Geh nur, frag nach Pommes. Und bring mir einen Döner mit, wenn du schon dabei bist, Schwachkopf.«

»Selber!« Ich öffnete die Schiebetür und hasste mich für diese lahme Antwort. Später, wenn ich im Bett über den Tag nachdachte (was ich in jener Zeit immer tat, bis mir die Augen zufielen), würde mir sicher etwas Schlagfertiges einfallen, was ich ihm an den Kopf hätte werfen sollen, aber in jenem Moment war ich einfach nur wütend auf meinen Bruder. Und Wut beflügelte nicht gerade die verbale Kreativität eines Teenagers.

Ich stieg aus, in die drückende Schwüle, die sich heute Abend sicher wieder in einem Gewitter entladen würde, so wie sie es immer tat. Ich konnte mich an keinen Sommer erinnern, in dem auf einen heißen Tag kein nächtlicher Wolkenbruch folgte.

»Kommt sonst noch jemand mit?«, wollte Papa von Mark und Mama wissen, doch die hatten beschlossen, ihren Platz im Schatten unter dem Vordach besser nicht aufzugeben, also betraten wir den Laden alleine.

Eine Glocke schellte beim Öffnen der Tür, und einen Schritt später standen wir in der Vergangenheit. Das Geschäft wirkte auf mich wie aus einer TV-Doku über die Mangelversorgung in sozialistischen Staaten, die wir uns einmal im Sozialkundeunterricht hatten ansehen müssen.

Links von uns stand ein weiß laminiertes, halb leeres Spanholzregal, dessen Vorrat sich auf eine Hand voll Konservendosen, mehrere Pfund Mehl, einige Batterien und zwei Zehnerpacke Taschentücher beschränkte. Direkt gegenüber, an der rechten Wandseite im offenen Kühlregal, sah es nicht viel besser aus. Etwas Milch, Butter, einige Capri-Sonnen, Mineralwasser, ein Karton mit Eis am Stiel einer Sorte, die ich noch nie gesehen hatte, und – zu meiner Verblüffung – ein halber Schinken.

Die Kühlflüssigkeit orgelte so laut durch die Kapillaren des betagten Geräts, dass ich mich fragte, wie es der Mann hinter dem empfangsartigen Metalltresen den ganzen Tag in dieser nervtötenden Geräuschkulisse aushielt.

»Einen schönen guten Tag.« Mein Vater lächelte ihn an.

»Hmm«, bekam er als Antwort.

Der Ladeninhaber, vermutlich Kurt persönlich, war ein ebenso großer wie dünner Mann mit dem glattesten Gesicht, das ich je bei einem Erwachsenen gesehen hatte. Er trug eine ergraute Kurzhaarfrisur, buschige Augenbrauen klebten wie Moosstreifen auf der vorgewölbten Stirn, und Haarbüschel mit der Farbe und Konsistenz von Teppichflusen platzten ihm aus Ohren und Nase – doch Falten? Bartwuchs? Fehlanzeige!

»Wir kommen aus Berlin und könnten den Scharmützelsee leer saufen«, sagte mein Vater, immer noch lächelnd.

»Hmm.«

Der Mann trug ein kariertes Hemd mit kurzen Ärmeln, das ihm wie Butterbrotpapier feucht auf der Haut klebte. Schweiß hatte den Stoff durchsichtig gemacht, weswegen man seine Brustwarzen sehen konnte.

»Sind Sie auf der Durchreise?«

»Nein, wir bleiben hier.«

»Aha.« Er senkte seinen Kopf aufs Kinn und riss dabei die Augen auf, als müsse er über den Rand einer imaginären Brille schauen.

»In Wendisch?« Bei ihm klang es wie »In Hmmmdisch?«. Er nuschelte, nicht weil er einen Sprachfehler hatte, sondern weil er einfach zu faul war, seine dünnen Lippen zu bewegen.

»Ja.«

»Die Ferienhäuser am Hafen?«

Mein Vater schüttelte den Kopf. »Nein, wir lassen uns hier auf Dauer nieder, am Mooreck. Kennen Sie das Waldhaus mit den bunten Fenstern?«

Der Mann blinzelte. »Was wollen Sie denn da?«

»Das Haus hat früher mal meinem Vater gehört, er ist hier aufgewachsen, und ich will wieder ...«

»Ach, Sie sind also der Heimwerker?«

So wie Kurt die Frage betonte, hörte es sich an, als lästerte bereits der halbe Ort über Papa.

»Der Sohn vom alten Zambrowski?«

Mein Vater nickte.

»Na, Sie haben ja Mut!«

Nein, Schulden, hätte ich am liebsten geantwortet. Die Holz- und Bautenschutzfirma meines Vaters war vor einem halben Jahr pleitegegangen, trotz erstklassiger Arbeit, trotz zahlreicher Aufträge. Aber der größte Auftrag, der Innenausbau einer Villa in Dahlem, hatte ihm das Genick gebrochen, ohne dass er etwas dafür konnte. Er war einem Betrüger aufgesessen, der erst das Geld seiner Klienten an der Börse verzockt hatte, sich dann nach Asien absetzte und meinen Vater mit unbezahlten Außenständen im oberen fünfstelligen Bereich sitzen ließ. Infolgedessen konnte er keine Materialien mehr für die anderen Projekte ordern, bekam keinen Kredit und verlor nach und nach alles, was er sich in den letzten zehn Jahren erfolgreich aufgebaut hatte: seine Kunden, die Firma, die erst zur Hälfte abbezahlte Eigentumswohnung in Lichterfelde, seine gesamte Altersvorsorge.

»Ja, die Hütte meines Vaters ist sicher mit der Zeit sehr runtergekommen. Seit seinem Tod stand sie leer, aber ich krieg das schon wieder hin.«

Papa hob seine großen, vom vielen körperlichen Arbeiten gezeichneten Hände, »Prankentatzen«, wie Mama sie gerne nannte, wenn sich ihre Finger darin verloren.

»Das meinte ich nicht«, sagte der Mann hinter der Theke, winkte dann aber mürrisch ab, als mein Vater nachhakte, worauf er mit seiner Bemerkung, er habe Mut, hinauswolle.

»Es ist Freitag, wir haben kaum noch was da«, machte Kurt uns auf das Offensichtliche aufmerksam. »Nur noch Mineralwasser, Bier und etwas Limo. Und wenn Sie davon was wollen, sollten Sie sich lieber beeilen.«

Mein Vater nickte und ging zurück zu dem lärmenden Kühlungeheuer, um ihm die letzten Vorräte zu entreißen.

In diesem Moment schellte die Glocke, und eine Gruppe Teenager stolperte in den Laden. Drei Jungs, ein Mädchen. Alle in unserem Alter von maximal fünfzehn Jahren und alle bemüht, sehr viel älter auszusehen.

»Überfall.« Der größte und kräftigste des Quartetts lachte. Ein breitschultriger Kerl mit nacktem Oberkörper und durchtrainiertem Sixpack. Er hatte lange, nasse Haare, die wie nach hinten gegelter, schwarzer Seetang aussahen. Eine schräg abstehende Nase verlieh seinem Gesicht etwas Verschlagenes, auch wenn sie nicht so aussah, als habe er sie sich gebrochen. Wie der Rest der Bande trug er Flipflops.

»Bier und Kippen, aber dalli, Kurtchen«, sagte er.

Der Ladeninhaber verzog keine Miene. Nur wenn man genau hinsah, was ich tat, konnte man die kleine Ader an seiner Schläfe pochen sehen.

Ich erwartete von dem mürrischen Alten eine schlagfertige Erwiderung, à la: *»Kein Bier, keine Kippen. Und solange du deinen paar Haaren am Sack noch Namen geben kannst, stellst du dich gefälligst hinten an.«*

Doch stattdessen sackten seine Schultern etwas herab, und mit einem geradezu resignierten Blick griff er nach hinten, um den Teenagern das zu geben, wonach sie verlangt hatten.

Während der, den ich für den jüngsten im Team hielt, die Sachen in Empfang nahm, ein pickliger Besenstiel mit wächserner Haut und einem Oberlippenflaum, der an Schimmelsporen auf einem Weichkäse erinnerte, musterte mich der langhaarige Anführer von oben herab, als wäre ich ein Sklave, der ihm gerade zum Verkauf angeboten worden war.

»Kennt ihr den?«, fragte er seine Clique. Alle schüttelten den Kopf. Alle sahen mich interessiert an, allerdings ohne die unterschwellige Aggressivität, die sich nur in dem Blick ihres Anführers fand. Das Mädchen lächelte sogar. Ihre Haut war vom vielen Sonnenbaden gebräunt, die hellbraunen Haare, ausgebleicht, fast blond, hingen ihr einen halben Meter lang bis kurz vorm Steißbein herab, wo sie wie mit dem Lineal abgeschnitten endeten. Ihre Nase war einen Tick zu breit für ihre schmale Gestalt und hatte einen winzigen Höcker in der Mitte. Doch wer schaut bei einem Mädchen, das ein eng anliegendes, tailliertes T-Shirt trägt, unter dem sich kleine, feste Brüste abzeichnen, schon auf die Nase?

An ihrem amüsierten Blick merkte ich, dass sie ganz

genau wusste, welche Gedanken mir durch den Kopf gerast waren, als ich auf ihren Oberkörper gestarrt hatte. Sie blinzelte mir zu, und hätte ich damals schon etwas mehr Wissen und die Erfahrung gehabt, hätte ich die Zukunft vor mir gesehen, die Mädchen ihres Schlags normalerweise vorherbestimmt war, so klar und deutlich, als würde ich einen Film im Kino betrachten. Zehn Jahre von jetzt an, und die Falten um ihre Mundwinkel, die ihr heute noch ein niedliches Schmollen bescherten, hätten sich zu narbenartigen Einkerbungen vertieft. Die sichtbaren Merkmale ihrer Erschöpfung, da sie mit dem ungewollten Baby überfordert war, das sie jede Nacht so lange wach hielt, bis sie es schaffte, trotz des ständigen Geschreis für zwei Stunden mal einzuschlafen. Da sie keine Zeit mehr hatte, ihre seidigen Haare täglich zu bürsten, würde sie eine praktische Kurzhaarfrisur mit schwarzen Strähnchen tragen. Sie wäre längst nicht mehr so dürr, und dennoch würde sie sich in die engen, kurzen Shorts zwängen, die mehr Gürtel waren als Hosen. Und wenn sie hin und wieder, wie in alten Zeiten, einen aus der Clique an sich ranließ (einen von den Jungs, die nicht wie der Kindsvater längst die Biege gemacht und in die große Stadt gezogen waren), würde sie sich selbst belügen, indem sie die schnelle Nummer neben dem Babybett, auf dem Rücksitz ihres Corollas oder hinter Patricks Bar am Hafen als einen Beweis dafür nahm, dass sie immer noch so rattenscharf war wie damals mit dreizehn, vierzehn, wo die Jungs sich regelrecht darum geprügelt hatten, wer am Wochenende seine Hand als Erster unter ihre Bluse schieben durfte.

»Hast du die Flitzpiepen hier vorgelassen?«, hörte ich meinen Vater fragen, der mit zwei Mineralwasser, zwei Capri-Sonnen und vier Eis am Stiel bewaffnet von der Kühltheke wieder zurück war und mir freundlich zuzwinkerte, als hätte er eben einen Insiderscherz gerissen.

»Was war das?«, fragte der Langhaarige. Ich konnte sehen, wie er die Hand in der Hosentasche ballte.

»Lass gut sein, Juri.« Kurt schluckte und verzog dabei das Gesicht, als würde er die in der Luft liegende, bittere Aggressivität ebenso schmecken können wie ich.

Juris Hand in der Tasche entspannte sich wieder, doch ich hatte das Gefühl, dass Juri und »gut sein lassen« zwei verschiedene Seiten einer Medaille waren, die sich niemals berührten.

Während mein Vater seinen Einkauf auf den Tresen stellte, flüsterte der Anführer dem Mädchen etwas ins Ohr, ohne mich dabei aus den Augen zu lassen. Sie kicherte rau. Ein kehliges Geräusch, wie das Gurren einer Taube. Schöne Tiere, von denen es hieß, sie könnten tödliche Krankheiten übertragen.

Dann verließ die Gruppe ohne ein Wort des Abschieds und ohne zu bezahlen den Kramladen.

»Wieso lassen Sie denen das durchgehen?«, wollte mein Vater von Kurt wissen, während er der Gruppe durch die schlierige Scheibe hinterhersah.

»Wieso kümmern Sie sich nicht um Ihren eigenen Scheiß?«, fragte Kurt mit der müden Stimme eines Mannes, der sich selbst nicht leiden konnte, aber nicht genug Selbstbewusstsein besaß, es sich offen einzugestehen, weswegen er die Hälfte des Tages damit verbrachte, einen anderen zu suchen, dem er die Schuld an seinem missratenen Leben geben konnte.

Mein Vater kniff die Augen zusammen, als würde ihn plötzlich etwas blenden, und für einen Moment dachte ich schon, den ersten Wutausbruch meines Vaters erleben zu müssen (ich konnte mich nicht mehr erinnern, wann er das letzte Mal seine Stimme erhoben hatte), doch dann zog er nur sein dünnes, abgegriffenes Portemonnaie hervor, legte einen Schein auf den Tresen und gab mir ein Zeichen zu warten, während er noch einmal zu dem Kühlregal abdrehte.

»Geht's vielleicht auch mal passend?«, knurrte Kurt und öffnete seine Registrierkasse. Ein altes Ding mit schweren Tasten wie bei einer Schreibmaschine. Keine Ahnung, wann ich so etwas das letzte Mal gesehen hatte.

Mein Blick wanderte von dem Ladeninhaber über die Scheibe, in deren Ausschnitt die Gruppe mit dem Langhaarigen und dem Taubenmädchen nicht mehr zu sehen war, zu meinem Vater, auf dessen Verhalten ich mir keinen Reim machen konnte.

»Haben Sie was verloren?«, wollte Kurt wissen, und das war auch mein erster Gedanke gewesen, denn Papa kniete vor der linken Ecke des Kühlregals. Allerdings tastete er nicht den Boden ab, sondern platzierte seine Schulter direkt unter dem Überhang der Auslage.

»Hey? Was soll denn das werden?« Kurts Stimme war nicht mehr müde, sondern nur noch nervös, nahezu hektisch.

Mein Vater stemmte scheinbar mühelos das Kühlregal nach oben und schob einen kleinen Holzkeil (diesen und andere nützliche Gegenstände trug er immer in den weiten Taschen seiner Arbeiterhosen bei sich) unter die Bodenkante, bevor er es wieder herabließ.

In der Zwischenzeit war Kurt hinter seinem Tresen hervorgekommen und stand mitten im Verkaufsraum.

»Was war das denn für eine Schei…?«, setzte er ärgerlich an, dann blieb er stehen. Seine gelb unterlaufenen Augen weiteten sich, denn jetzt hörte er es auch.

Die Stille. So ruhig. Eine Wohltat.

Die Kühltruhe lärmte nicht mehr. Die Flüssigkeit gluckerte nicht mehr durch die Leitungen.

»Himmel, wie haben Sie denn das geschafft?«, fragte Kurt meinen Vater, zum ersten Mal ohne unfreundlichen Unterton.

Der klopfte sich die Hände an der Hose ab.

»Das Ding stand schräg. Kleines Problem, große Wirkung.«

Papa griff sich das Wechselgeld und zwei Flaschen, ich mir den Rest.

Mit den Getränken und dem Eis verließen wir das Geschäft und mussten uns von Mama und Mark anhören, ob wir in ein Zeitloch gefallen waren oder weshalb das so lange gedauert hatte.

Ich ignorierte die dummen Sprüche meines Bruders, der spöttisch nach seinem Döner fragte, und ob wir die Pommes vergessen hätten. Er konnte mir die gute Laune nicht verderben. Ich war erfüllt von diesem lächerlich überzogenen, kindlichen Stolz, den ich für meinen Vater empfand, der mir wie ein Held vorkam, obwohl er doch nur eine verdammte Kühltruhe zum Schweigen gebracht hatte.

Wir verließen den Parkplatz, und noch bevor wir die Ausfahrt erreicht hatten, um auf die Landstraße in östlicher Richtung zu biegen, war mein Hochgefühl bereits wieder verflogen. Schlimmer noch, mir schnürte sich die Kehle zu. Ebenjener Körperteil, auf den der langhaarige Anführer zeigte, als wir an ihm und seiner am Straßenrand herumlümmelnden Clique vorbeifuhren.

Das Mädchen mit dem Taubenlachen zwinkerte mir zu und leckte sich die Lippen. Juri hingegen, der besitzergreifend den Arm um sie gelegt hatte, sah mir direkt und kalt in die Augen, deutete mit dem Flaschenhals des Bieres auf seine Kehle und machte eine aufschlitzende Bewegung.

2. Kapitel

Das Haus sah schlimmer aus, als ich es erwartet hatte. Natürlich hatte es jahrelang leer gestanden und musste in einem erbärmlichen Zustand gewesen sein, als es Papa nach der Wende wieder zufiel. Aber immerhin hatten wir ihn in den letzten vier Wochen kaum zu Gesicht bekommen, so oft war er raus nach Wendisch Rietz gefahren, um hier am Rande des Ausbaugebiets sein ehemaliges Elternhaus »herzurichten«, wie er es nannte. Dabei hatte er nach eigenen Angaben einen Container voll Sperrmüll aus dem kleinen Gebäude mit dem Spitzdach getragen, dessen auffälligstes Merkmal tatsächlich die bunten Fenster waren, die Kurt vorhin erwähnt hatte. Sie erinnerten an Butzenscheiben, wie man sie aus ländlichen Kirchen kennt, nur dass sie natürlich nicht das gesamte Fenster ausfüllten, sonst hätte man ja nicht durch sie hindurch in den verwilderten Garten sehen können. Sie nahmen bloß die untere Seite des Rahmens ein, und das auch nur in der oberen Etage zur Straßenseite hin.

»Sind die nicht schön?«, fragte uns Mama, als wir aus dem Wagen stiegen, doch ich fand sie eher gruselig. Nicht nur, weil es von weitem so aussah, als heulten sich die Augen unseres Hauses die Seele aus dem Leib, sondern weil ich mich fragte, weshalb zum Teufel niemand auf die Idee gekommen war, sie einzuschmeißen.

Auf unserem Hinweg, kurz bevor wir von der Landstraße hinter einem Bahnübergang nach links in den Wald scherten, waren wir an verlassenen Russenkasernen vorbeigekommen, bei denen keine einzige Scheibe mehr im Rahmen hing. Und bis hierher sollte sich die randalierende Dorfjugend nicht verirrt haben?

Schwer zu glauben, dass die Schilder am Straßenrand mit der Aufschrift »Sperrgebiet. Vorsicht Lebensgefahr!« von irgendjemandem noch ernst genommen wurden, zumal unser Haus außerhalb des Geländes der ehemaligen NVA-Truppenübungsplätze lag und derartige Warnhinweise von Menschen in meinem Alter eher als Einladung denn als Abschreckung verstanden wurden.

»Na, Jungs, was sagt ihr?«, fragte Vater stolz, als wir alle zusammen vor der kleinen Klinkertreppe standen, die uns in unser neues Zuhause führen sollte.

Es war die erste Woche der Sommerferien, die Nachmittagssonne senkte sich langsam über den See, ein kaum spürbarer Wind trocknete den Schweiß unter unseren T-Shirts, und wir sahen das lehmfarbene Steinhaus mit den zungenförmigen Schindeln auf dem Dach zum ersten Mal. Papa hatte uns nie mitgenommen.

»Erst wenn ich die Bruchbude in ein gemütliches Nest verwandelt habe«, hatte er gesagt, wann immer er spätabends, müde und mit krummem Rücken, aber glücklichem Gesichtsausdruck am Küchentisch saß und uns von den Fortschritten berichtete. Wie er die Fassade gekärchert, die Dielen der Veranda abgezogen oder die Ziegel von den Nadeln der hohen Kiefern befreit hatte, die sich über das Dach wölbten und die Rückseite verschatteten.

»Hab ich zu viel versprochen?«, fragte er uns.

Ich sah, wie Mark unabsichtlich nickte, doch zum Glück hatte unser Vater das nicht gesehen. Wohl aber Mama, der ihr Lächeln kurz aus den Augen glitt, nur für den Bruchteil einer Sekunde, bis sie sich wieder gefangen hatte und uns die Arbeit abnahm, Papa anzulügen.

»Es ist wunderschön, Vitus.«

»Kommt«, sagte er aufgeregt und machte eine Armbewegung, als wollte er uns ins Haus schaufeln. »Ihr müsst es von innen sehen.«

Und hier war es tatsächlich besser.

Ich hatte muffige Luft erwartet, Moder- oder Schimmelgeruch, aber Papa musste einen halben Baumarkt an weißer Farbe auf die Wände geschüttet haben. Es roch nach Chemie und Lösungsmitteln, und als er mit dem schwarzen Drehschalter die nackte Glühbirne im Flur anknipste, hatte ich die Sorge, schneeblind zu werden.

»Wow«, sagte Mark, ebenso erstaunt wie ich.

Wir liefen auf dunkel geölten Nussbaumdielen geradeaus ins Wohnzimmer, wo wir unser braunes Stoffsofa aus Berlin entdeckten und den Couchtisch mit den senffarbenen Kacheln, den es irgendwann einmal als kostenlose Zugabe gegeben haben musste, stand er doch in fast jedem Haushalt, den ich mal von innen sehen durfte.

»Jeder von euch hat ein eigenes Zimmer«, verkündete Papa, als hätte er uns das nicht schon mindestens einhundert Mal gesagt.

»Ich will nicht zu den Ossis.«

»Ja, aber denkt nur, dort hat jeder von euch ein eigenes Zimmer.«

»Meine Freunde sind alle in Berlin.«

»Ja, aber in Wendisch Rietz braucht ihr euch das Zimmer nicht länger zu teilen.«

»Wieso können wir nicht auf der Lilienthal bleiben?«

»Ich weiß, eine neue Schule ist blöd, aber denkt doch nur: Bald habt ihr euer eigenes Zimmer.«

Sein Generalargument war so sehr verbraucht, dass wir gar keine Lust hatten, uns die derart angepriesenen Räume im Obergeschoss anzusehen; natürlich taten wir Papa dennoch den Gefallen und folgten ihm die Treppe hoch, während Mama die Küche inspizierte.

Als Erstes betraten wir einen Raum, der später mein Zimmer werden sollte, obwohl er größer war als die kleine Kammer zur Auffahrt raus, aber Mark mochte es lieber hell und hatte keine Lust, auf einen »beschissenen Wald zu starren«, wie er später verkündete, wobei er nicht berücksichtigte, dass das Laub nur jetzt so dicht in den Bäumen stand und er im Winter auf eine dreckige Zufahrt schauen würde, während ich mit etwas Glück in weiter Ferne den See erkennen konnte.

»Schön übersichtlich«, sagte mein Bruder beim Eintreten. Bis auf einen tapezierten Einbauschrank neben der Tür war das Zimmer so leer wie eine ausgefegte Garage.

»Nächsten Monat fahren wir zu IKEA und holen uns, was wir noch brauchen«, verkündete Papa mit einer fröhlichen Energie, die ansteckend war. Mark und ich sahen uns an, mit dem Wissen im Blick, dass unser Geld gerade mal für einen halben Nachttisch reichen würde, aber wir wollten ihm den Spaß nicht durch altkluge Einwände verderben.

»Bis dahin müsst ihr noch mit euren alten Sachen vorliebnehmen.«

Ich stöhnte innerlich. Wenn es eines gab, worauf ich

heute keine Lust mehr hatte, dann war es, in der Bruthitze die Matratzen aus dem Hänger nach oben zu tragen.

»Hört mal, wie ruhig es hier ist«, sagte Papa und trat an das doppelt verglaste Holzfenster, dessen Scheiben sich einzeln öffnen ließen und die mir dennoch keinen sehr windfesten Eindruck machten. Dafür, dass er uns die Stille der Natur präsentieren wollte, machte er erst einmal gewaltigen Krach. Der erste Rahmen öffnete sich mit einem Geräusch, als würde er aufgebrochen.

»Äh, ist ja eklig«, sagte Mark, der hinter meinem Vater stand und ihm über die Schulter sah. Mein Bruder trat angewidert einen Schritt rückwärts. Papa lachte, und wie immer, wenn er sich freute, verschwanden die Müdigkeit und die Sorgen aus seinen faltenunterlaufenen Augen.

»Ich muss dringend Insektengitter anbringen.«

Unter dem angewiderten Blick meines großen Bruders nahm er behutsam eine Spinne in die Hand, die sich in dem Zwischenraum der beiden Rahmen tot gestellt hatte. Sie war größer, haariger und damit widerlicher als alles, was ich an derartigen Tieren bislang kennengelernt hatte, und sie bewegte sich, kaum dass mein Vater sie anfasste.

»Seht nur, ihre braune Maserung«, sagte er, immer noch begeistert, als würde er uns ein neues Auto zeigen. »Die Natur hier ist unglaublich, ganz anders als in der Stadt, das werdet ihr sehen. Hier dürft ihr zum Beispiel keine Essensreste einfach so in den Mülleimer draußen schmeißen. Einen Tag, länger dauert's nicht, und die Tonne bewegt sich von alleine, so große Maden habt ihr noch nie gesehen.«

»Und das sollen wir jetzt toll finden?«, fragte Mark.

»Habt euch nicht so«, sprach er im Plural, obwohl ich mich noch gar nicht beschwert hatte.

Er schloss seine Pranke um das Insekt und griff nach dem Riegel für die zweite Scheibe der Doppelverglasung.

»Zerdrück die bitte nicht mit bloßer Hand«, bat Mark. »Sonst muss ich kotzen.«

»Zerdrücken?« Unser Vater kniff verwundert die Augenbrauen zusammen. »Auf keinen Fall. So ein nützliches Tier darf man nicht einfach töten. Wisst ihr denn nicht, dass die Viecher Blattläuse und andere Schädlinge fressen? Die sind besser als jedes Unkraut-Ex.«

Mein Blick wanderte durch das mittlerweile vollständig geöffnete Fenster über den Hintergarten, in dem kompletter Wildwuchs herrschte. Unter dem Schatten mehrerer Kiefern und Linden gab es einige wahllos angeordnete Obstbäume, von denen manche so krank und windschief aussahen wie der Maschendrahtzaun zum Nachbarn hin, dessen einstöckiger, einfacher Bungalow mit bloßem Auge kaum zu erkennen war, so weit lag er von uns entfernt. Das Gelände zum etwa fünfhundert Meter weit entfernten See fiel leicht ab, weswegen man vom Fenster aus den Eindruck gewinnen konnte, auf einem Hügel zu stehen, der mit einem heideartigen Wildwuchs überzogen war; kniehohes, seit Unzeiten nicht geschnittenes Wiesengras, das es sich zur Lebensaufgabe gemacht hatte, alles, was sich ihm in den Weg stellte, zu überwuchern, und das war nicht wenig: Findlinge, alte Autoreifen, einen Stapel Elektroschrott und ein kleiner Schuppen direkt an der Grundstücksgrenze, mit verrosteten Eisentüren und blinden Fenstern, um nur das zu nennen, was mir als Erstes ins Auge fiel.

»Na, da hat die Spinne aber jede Menge zu tun«, sagte ich mit Blick in den »Garten«, und Papa lachte.

»Da magst du recht haben, hier wartet noch viel Arbeit. Für alle von uns.« Mit diesen Worten setzte er das haarige

Exemplar behutsam auf dem äußeren Sims ab und schloss das Fenster. In dem Moment sah ich es.

Das Bein.

Ihr Bein!

Sie stand hinter dem Schuppen und gab sich keine große Mühe, unentdeckt zu bleiben. Das Mädchen aus dem Kiosk (ich war mir sicher, dass sie es war, hundertprozentig, obwohl ich ihren Körper nicht sehen konnte, nicht einmal ihre Haare) streckte das Bein hervor, wie eine Stripteasetänzerin in den Werbungen für Telefonsexhotlines, die Mark und ich zu Hause heimlich anschauten, wenn unsere Eltern schon schliefen.

»Was hast du gesagt?«, fragte mein Vater, und erst da wurde mir bewusst, dass ich etwas laut gesprochen haben musste, vermutlich meinen Gedanken: »Was zur Hölle macht die da?«

Ich wollte gerade hinuntergehen, um es herauszufinden, als unsere Mutter die Treppe heraufkam. Mit einem unsicheren Lächeln um die spröden Lippen, wie sie es manchmal trug, wenn ihr etwas peinlich war. Und mit natürlichem Rouge im Gesicht, weil ihr das Blut vor Aufregung in die Wangen schoss.

»Was ist, Liebes?«, fragte mein Vater, der damals noch eine sehr sensible Auffassungsgabe hatte. Er wusste sofort, dass etwas passiert war.

»Die Polizei ist da«, sagte sie nervös.

Ich fand schon immer, für jemand, der sich so akkurat an den Buchstaben jeglicher Gesetze hielt, verhielt Mama sich schon beinahe paranoid, wenn sie auch nur in die Nähe eines Ordnungshüters kam, aber vielleicht wurde man so, wenn man sich eine halbe Nacht in den umgebauten Kofferraum eines Fluchthelfers hatte quetschen müssen, um die Grenzposten der DDR zu passieren. Papa war schon als Kind abgehauen, mit seinen Eltern vor dem Mauerbau, weswegen ich jetzt streng genommen zwei Wessi-Eltern hatte, die ursprünglich einmal Ossis gewesen waren.

»Okay. Schaut ihr euch doch mal das Elternschlafzimmer oben an«, sagte Papa zu uns. Aus seinen Erzählungen wussten wir, dass er das halbe Dach ausgebaut und nur noch einen kleinen Spitzboden gelassen hatte, in dem sich allerhand Krempel staute. Bücher, die er erst entsorgen wollte, wenn wir einen Blick darauf geworfen hatten.

»Geht nur hoch, ich seh derweil mal nach, was die Beamten wollen.«

»Das wird wohl nicht gehen«, widersprach unsere Mutter leise, aber bestimmt.

»Wie meinst du das?«

Sie zuckte mit den Achseln und warf uns einen sorgenvollen Blick zu.

»Sie sagen, die Kinder sollen dabei sein.«

3. Kapitel

Sie waren zu zweit gekommen. Ein Mann und eine Frau, beide in babyblauen Poloshirts, die ohne die Schulterklappen und das Wappen am Ärmel einfach nur wie hässliche Freizeithemden ausgesehen hätten. Im Gegensatz zu den graugrünen Cargohosen samt Waffengurt; die waren cool und ließen den etwa fünfzigjährigen Mann und seine mindestens zwanzig Jahre jüngere Partnerin fast wie amerikanische Cops aussehen. Mit ihrem Dienstwagen in der Einfahrt wiederum hätte man sie auf den Highways der USA sicher ausgelacht; ein grüner VW Passat Kombi, bei dem man auf der Rückbank Kindersitze, aber keine Verbrecher erwartete.

Sie hatten sich auf die Stufen unserer Veranda gesetzt und hielten ein Glas Leitungswasser in der Hand, das Mama ihnen gebracht hatte. Dem Schweiß auf ihrer Stirn nach hätten sie bequeme Liegesessel und Limonade bevorzugt, aber wir hatten weder Gartenmöbel noch Vorräte im Haus.

»Hey, Vitus.«

Der Mann erhob sich als Erster, als wir zu ihnen auf die Veranda traten. Er hatte schüttere rote Haare, die zur Kopfmitte immer weiter ausdünnten. Sein Gesicht war von extrem geraden Falten durchschnitten, als hätte er gerade erst seinen Kopf von einem zerknitterten Kissen gehoben, aber seine grünen Augen glänzten hellwach in der Nachmittagssonne.

»Hättest ja mal sagen können, dass heute der große Tag ist.«

Er begrüßte meinen Vater wie einen alten Bekannten, klopfte ihm auf die Schulter und lächelte sympathisch.

»Raik.« Papa nickte, ohne die Umarmung zu erwidern, aber das hatte nichts zu sagen. Mein Vater war kein großer Knuddler, der jedem bei dem geringsten Anlass um den Hals fiel. Er mochte keine Begrüßungs- oder Abschiedsküsse und beließ es meist bei einem festen Händedruck. Körperliche Nähe schenkte er nur seinem engsten, inneren Kreis; seiner Familie. Mir gefiel das früher sehr, wusste ich doch, dass ich etwas Besonderes war, wenn ich mich beim Fernsehen an ihn lehnen durfte und er mir durchs Haar fuhr.

»Darf ich dir meine junge Kollegin vorstellen, Alexandra Tornow, wir fahren erst seit zwei Wochen gemeinsam Streife.«

Sie trug einen Männerhaarschnitt, kurze braune, im Nacken ausrasierte Haare und ein aufgegeltes Plateau auf dem Schädeldach, etwas platt gedrückt von der Dienstmütze. Die Frisur aber war das einzig Maskuline an ihr.

Marks und meine Blicke schnellten natürlich sofort zu ihren Brüsten, die lange nicht so groß waren, wie unsere pubertierenden Hirne es sich wünschten, aber immerhin groß genug, um unsere Phantasie anzuregen.

Als sie mir die Hand gab, musste ich an das Mädchen vom Kiosk denken. Unwillkürlich sah ich durch die offene Haustür den Flur hindurch und weiter durch das Wohnzimmerfenster in den Hintergarten, doch aus meiner Perspektive war es mir nicht möglich zu erkennen, ob sie immer noch hinter dem Schuppen stand.

»Und ihr seid Mark und Simon«, sagte Alexandra, nachdem wir uns begrüßt hatten. Ihr Lächeln erreichte nicht ganz die Augen, aber sie gab sich wenigstens Mühe.

Wir nickten stumm, und es entstand eine unangenehme Pause, die meine Mutter mit Smalltalk füllte: »Mein Mann hat mir erzählt, dass Sie früher in den gleichen Kindergarten gegangen sind. Schön, dass Sie sich nach all den Jahren wiedergefunden haben. Und noch schöner, dass wir uns endlich kennenlernen, Raik.«

»Hätte Vitus uns über den Umzug heute informiert, hätten wir auch was zum Einstand mitgebracht.« Der Polizist zwinkerte belustigt. »Wir haben es vom ollen Kurt erfahren und dachten, wir schauen mal vorbei, um das Angenehme mit dem Nützlichen zu verbinden.«

»Das Nützliche?«, hakte Papa nach. »Was gibt es denn, das auch unsere Jungs erfahren sollen?«

So war mein Vater. Redete nie lange um den heißen Brei herum, kam immer gleich zur Sache. Eine Eigenschaft, die ich an ihm mochte, wenn er uns lobte. Und hasste, wenn er mich auf einen Fehler aufmerksam machte.

»Setzt euch doch«, bat die Polizistin und zeigte auf die Stufen, doch wir lehnten höflich ab. Nichts ist bescheuerter, als von oben herab angesehen zu werden, gerade wenn man ohnehin kleiner ist als sein Gesprächspartner.

»Wir denken, es ist besser, wenn sie bei der Einweisung dabei sind«, begann Raik.

»Was denn für eine Einweisung?«, sagte mein Vater mit einem Gesichtsausdruck, den ich nur zu gut kannte. Wenn er mich so ansah, folgte stets der Satz: »Nun lass dir nicht die Würmer aus der Nase ziehen.«

Raik nahm einen weiteren Schluck aus dem mittlerweile halb leeren Glas und räusperte sich.

»Wir wollen euch keine Angst einjagen. Aber es ist besser, ihr hört es von offizieller Seite, bevor es euch auf Umwegen erreicht. Du kennst die Gegend, Vitus. Gerüchte machen schneller die Runde als eine Flasche bei den Pennern am Bahnhof, und ich will nicht, dass ihr euch unnötig sorgt, nur weil die stille Post der Quatschtanten bei euch völlig verdreht ankommt.«

»Nun rück schon raus mit der Sprache.«

»Euer Nachbar, Peter Landenberg.«

»Was ist mit dem?«

»Er ist ein vorbestrafter Sittlichkeitsverbrecher.«

»Wie bitte?« Das Gesicht meiner Mutter wurde blass.

Die Polizistin nickte. »Im Frühjahr 91 wurde er mit heruntergelassenen Hosen hinter dem Kindergarten entdeckt«, sagte sie. »In seiner Wohnung haben wir damals einschlägiges Material sichergestellt. Er konnte seine Tagessätze nicht zahlen, also hat er ein halbes Jahr im Bau gesessen.«

»Großer Gott …«

»Kein Grund zur Panik.« Alexandra hob beschwichtigend die Hand. »Stotter-Peter ist seitdem nicht wieder auffällig geworden, und wir haben ihn im Auge. Wir dachten nur, es ist besser, Sie wissen Bescheid …«

»Stotter-Peter?«, fiel Papa ihm ins Wort.

Raik nickte, aber man sah ihm an, dass er sich über die Wortwahl seiner Kollegin ärgerte. »Er hat einen Sprachfehler. Alle im Ort nennen ihn so.«

Die Hand meiner Mutter wanderte zu ihrer Kehle. Wäre sie Katholikin gewesen, hätte sie wohl ein Kreuz geschlagen, so aber beließ sie es bei einem vielsagenden Kopfschütteln. *Ein Pädophiler direkt nebenan, Herr im Himmel, wo sind wir hier nur hingezogen?*

Alexandra versuchte sie zu beruhigen.

»Wie gesagt, wir passen auf. Bei dem kleinsten Verdacht rücken wir an, das können Sie glauben.«

»Ist das Vorschrift?«, wollte meine Mutter wissen.

Raik und seine Kollegin blinzelten irritiert.

»Was?«

»Müssen Sie alle Nachbarn über diesen Mann informieren?«

Der Polizist zuckte mit den Achseln.

»Nein. Ehrlich gesagt, dürfen wir das sogar gar nicht.« Er blickte zu meinem Vater. »Datenschutz, du weißt ja. Am besten, wir betrachten das hier als ein privates Gespräch.«

Lächelnd leerte er das Glas und eröffnete das übliche Verabschiedungsgeplänkel mit den Worten: »Also dann, wir wollen euch nicht weiter aufhalten, kommt erst mal gut an.«

Darauf folgten ein, zwei halbherzige Proteste meiner Eltern, doch noch auf einen Kaffee zu bleiben, beantwortet mit einer Lüge der Beamten, noch zu einem anderen Einsatz zu müssen, und am Ende waren alle froh, dass sich das Treffen auflöste.

»Ach ja, fast hätte ich es vergessen«, sagte Raik, als er schon in den Passat gestiegen war. Er beugte sich aus dem geöffneten Fenster.

»Was denn?«, fragte mein Vater argwöhnisch und trat gemeinsam mit uns ans Auto.

»Der See, er kann recht tückisch sein. Gerade wenn man lange in der Sonne lag oder wenn man mit vollem Magen reinspringt. Der hat Unterströmungen, die man gerne unterschätzt. Erst letztens …« Er hielt mitten im Satz inne, als ihm klar wurde, dass unser Bedarf an Hiobsbotschaften für den ersten Tag im neuen Heim vermutlich gedeckt war.

»Na ja, nichts für ungut. Kann nicht schaden, immer einen beim Baden in seiner Nähe zu wissen.«

Wir starteten die Verabschiedungsarie Teil zwei, ohne dass die Worte des Polizisten uns erreicht hatten. Wir waren geübte Schwimmer, Stotter-Peter die viel größere Bedrohung, auch wenn sie nicht im Verborgenen unter der Wasseroberfläche lauerte, sondern in jenem Bungalow, dessen verwittertes Dach ich von meinem neuen Zimmer aus sehen konnte.

Ungeduldig wartete ich, bis der Polizeiwagen aus meinem Blickfeld verschwunden war. Während unsere Eltern sich ratlos auf die Veranda setzten, war in Mark und mir längst die Neugierde gewachsen, der Hütte des stotternden Perversen einen Besuch abzustatten und sie zum Objekt unserer künftigen Mutproben zu machen. Zuvor aber ging ich unter dem fadenscheinigen Vorwand, mir den Garten ansehen zu wollen, zum Schuppen, hinter dem ich das Kiosk-Mädchen zuletzt gesehen hatte, doch hier fand ich nur noch einen zertrampelten Ameisenhügel, eine Kippe und mit dem Fuß herausgestochertes Trockenmoos.

Etwas enttäuscht wollte ich wieder ins Haus zurückgehen, als mein Blick an einem wurmstichigen Apfelbaum hängen blieb, der dem Schuppen am nächsten stand. Mehrere rostige Nägel stachen aus seinem Stamm heraus, und an einem von ihnen baumelte eine silberne Halskette mit herzförmigem Anhänger.

Ich ging zum Baum, löste die Kette und betrachtete einigermaßen verwirrt den Anhänger, der schwer in meiner Hand lag. Er hatte einen Schnappverschluss und ließ sich mittig in zwei Hälften teilen. Als ich das tat, fiel aus dem Anhänger ein kleiner gefalteter Zettel zu Boden.

Ich bückte mich, strich das Papier glatt und las die mit geschwungener Kleinmädchenhandschrift verfasste Nachricht – die mich in noch sehr viel größere Aufregung versetzte als die Warnung der Polizei, neben einem Pädophilen zu wohnen:

Sonntag, 16.30 Uhr bei der Badestelle!
Komm alleine, es lohnt sich.
Sandy

4. Kapitel

Wenn uns das Wetter zeigen wollte, was es von unserem Einzug hielt, dann war das Votum eindeutig: Der folgende Tag begann Punkt Mitternacht mit einem Wolkenbruch, der den ganzen Samstag lang mit wenigen Unterbrechungen anhalten sollte.

Hatten wir gestern noch bei neunundzwanzig Grad geschuftet und bis in die späten Abendstunden hinein unseren ganzen Krempel aus dem Anhänger ins Haus geschafft, musste Papa heute früh den Kachelofen in Gang bringen, damit wir nicht anfingen, mit den Zähnen zu klappern.

Der plötzliche Temperatursturz löste bei meiner Mutter einen Migräneschub aus. Vielleicht waren es auch die mit Papa bis tief in die Nacht geführten Gespräche über Stotter-Peter und die Gefahren, die von ihm ausgehen könnten, von denen ihr der Kopf dröhnte. Eigentlich wäre es auch für uns Kinder ratsam gewesen, bei dem Mistwetter zu Hause zu bleiben, doch erzählen Sie mal zwei sich unverwundbar fühlenden Angebern etwas von Sommererkältungen und herabfallenden Ästen im Wald.

»Lass sie nur gehen, wenn sie sich unbedingt den Tod holen wollen«, sagte mein Vater, als wir (natürlich ohne Regenjacke) die Haustür öffneten. Mutter protestierte nicht, was vermutlich an dem Presslufthammer lag, der hinter ihren Augen den Putz von den Nervenbahnen klopfte.

Der Sound des Waldes war ohrenbetäubend, so stark rauschte der Wind vom See her durch die Blätter. Ich fror schon bei den ersten Schritten, war aber zu stolz, um noch einmal umzukehren und mir ein *»Na siehste«* abzuholen, wenn ich mir doch den Kapuzenpulli über mein langärmeliges T-Shirt zog.

Nach einem langen Schlaf und einem späten Frühstück war es mittlerweile kurz nach ein Uhr mittags, über siebenundzwanzig Stunden noch bis zu meinem ersten Date mit dem geheimnisvoll hübschen Mädchen, dessen Namen ich jetzt kannte (Sandy), aber es fühlte sich an, als ob wir kurz vor Sonnenuntergang losmarschiert wären.

Es schien, als hätte irgendwer der Welt eine betongraue Wolkenmütze über die Augen gezogen, durch deren Fasern alles trüb und deprimierend aussah. Der erste richtig eklige Tag des Sommers, und ich wertete das als ein schlechtes Omen.

»Meinst du, die packt es?«, fragte ich Mark.

»Klar. Hat sie doch immer.«

Wir hatten noch keinen Fernseher, jedenfalls keinen, der funktionierte. Papa wollte sich am Montag um die Antenne auf dem Dach kümmern, doch dann war Wimbledon längst gelaufen. Heute spielte Steffi gegen Jana Novotná. Nachdem Boris diesmal schon im Halbfinale raus war, interessierte mich das Endspiel der Herren morgen nicht mehr die Bohne, aber wenn die Graf in zwei Stunden, um vierzehn Uhr Ortszeit, in London loslegte, war es für meinen Bruder und mich Ehrensache, vor dem Fernseher zu hocken. Und genau den hofften wir in einer Kneipe oder einem Café hier am Arsch der Welt zu finden.

Es dauerte nicht lang, und wir hatten die B 246 erreicht,

die Landstraße, die in östlicher Richtung nach Glienicke führte, in westlicher Richtung zum Bahnhof. Wir waren erst zehn Minuten unterwegs, aber unsere Haare waren schon völlig durchnässt, und ich spürte, wie meine Füße immer kälter wurden. Dabei regnete es nicht mehr in Strömen. Es war ein feiner, unablässiger Nieselnebel, der uns einhüllte und jeden einzelnen Quadratzentimeter unserer Kleidung durchfeuchtete.

Als ich die Einfahrt nicht mehr sehen konnte, die hinter uns zu der kleinen Waldsiedlung und damit zu unserem Haus führte, blieb Mark abrupt stehen.

»Was ist denn?« Ich wäre beinahe in ihn hineingelaufen.

»Da.« Er zeigte nach vorne.

»Was ist denn mit dem?« Ich blieb einen Schritt hinter meinem Bruder. »Ist der tot?«

Mark schüttelte den Kopf. »Keine Ahnung. Sieht nicht so aus.«

Er ging in die Knie, zeitgleich hob das sandfarbene Zottelknäuel den Kopf.

»Hey, Kumpel. Was machst du denn hier?«

Der Hund lag vor uns auf der Straße, halb auf dem Asphalt, halb auf der weißen Begrenzungslinie; wie ein angefahrener Fuchs, nur ohne aufgeplatzten Bauch und mit regelmäßiger Atmung. Über die linke Brustseite, direkt auf dem Rippenbogen, zog sich ein s-förmiger, schwarzer Fellstreifen, der an ein gespiegeltes Fragezeichen erinnerte.

Mark streckte die Hand nach dem Hund aus, der sofort an seinen Fingern zu lecken begann.

»Vielleicht wurde er angefahren?«, fragte ich über seine Schulter gebeugt.

Von hinten näherte sich ein VW Polo, der Lichthupe gab, aber, ohne langsamer zu werden, an uns vorbeijagte.

»Glaub ich nicht«, sagte Mark. »Schau mal.«

Tatsächlich stand das Tier völlig problemlos auf, reckte und streckte sich und schien nicht die geringsten Schmerzen zu empfinden. Sein Fell war nass wie eine Pfütze, was wir zu unserem Leidwesen erfuhren, als es sich schüttelte.

»Alter, du kannst doch hier nicht einfach so auf der Straße pennen.« Mark lachte und wischte sich einige Spritzer aus dem Gesicht.

Ich hatte das unheimliche Gefühl, als würde der Hund meinem Bruder zunicken, auf jeden Fall senkte er seine Schnauze, dann trollte er sich einige Schritte zur Seite, gerade einmal so viele, wie nötig waren, um von der Fahrbahn runterzukommen.

»Er hat kein Halsband«, bemerkte ich. Neben mir, im Wald, hörte ich ein Knacken, dann eine Stimme:

»Bitte, tut ihm nichts.«

Erschrocken drehten wir uns herum. Einige Schritte entfernt, zwischen zwei Nadelbäumen, stand ein so unglaublich dünner Mann, dass sein Anblick in mir die unheimliche Vision von einer Vogelscheuche auslöste, die sich selbstständig gemacht hatte. Er trug aufgeplatzte Turnschuhe, einen armeegrünen, ziemlich zerschlissenen Parka und hatte den größten Teil seiner kinnlangen, speckigen Haare unter einer Baseballkappe mit dem Logo von Energie Cottbus versteckt.

»Es tut mir leid, tut mir leid«, entschuldigte er sich. Ich kannte seinen Gesichtsausdruck, hatte ihn aber in dieser Intensität noch nie bei jemandem gesehen, der älter war als ich selbst: Der Mann hatte Angst vor mir. Vor uns.

Das verrieten seine flackernden Augen, die hochgezogenen Schultern, zwischen denen er den ovalen Kopf versteckte. Mit seiner gesamten unterwürfigen Körperhaltung war er bemüht, einem möglichen Angreifer keine Angriffsfläche zu bieten. Er atmete gepresst durch einen spitzen, halb geöffneten Mund, und allein an den kurzen Schritten, mit denen er sich uns näherte, konnte man den Widerwillen erkennen. Der Unbekannte hätte sich sehr viel lieber umgedreht und wäre zurück in den Wald verschwunden, wenn ihn nicht etwas dazu gezwungen hätte, seinen Standort aufzugeben. Und das war, wie wir sehr schnell lernen sollten, der Hund.

»Was ist denn mit dir los?«, fragte Mark. Mittlerweile standen wir nicht mehr auf der Fahrbahn, sondern auf einem handtuchbreiten Grünstreifen zwischen der Landstraße und dem Unterholz. Mein Bruder rümpfte die Nase, obwohl dazu gar kein Anlass bestand. Zwar sah der Mann wie ein Penner aus, aber das nasse Tier, das Mark eben noch gestreichelt hatte, roch sehr viel strenger nach Wald und Dreck als der Fremde vor uns.

»Keinen Ärger. Ich mach euch keinen Ärger, Jungs, wirklich nicht. Ich will nur Gismo holen, dann bin ich wieder weg.«

Er rief nach dem Hund, und ein scheues Lächeln zitterte über seine Lippen, als das Tier seinen Kopf nach ihm drehte.

»Ist das deiner?«, fragte ich.

Der Mann nickte stumm.

Dachte er wirklich, wir hätten ihm etwas antun wollen?

Ich streichelte Gismo, als er etwas träge an mir vorbeischritt, um dem Mann zu zeigen, dass wir alles andere als Tierquäler waren. Ganz im Gegenteil. In unserer Schule hatten einmal zwei Jungs aus der Nachbarklasse damit geprahlt, in der Kiesgrube am Teufelsberg mit Druckluftpistolen auf Frösche zu schießen. Beide sind ziemlich übel vom Fahrrad geflogen und konnten sich beim besten Willen nicht erinnern, wer ihnen den Stock in die Speichen gerammt hatte, als Eltern und Lehrer sie danach fragten.

»Du solltest etwas besser auf ihn aufpassen. Der lag mitten auf der Straße. Hätte sonst was passieren können.«

Noch beim Sprechen merkte ich, wie neunmalklug und unangemessen überheblich ich mich anhörte. Okay, der Waldschrat sah merkwürdig aus, aber er war immerhin erwachsen, und er hatte mir nichts getan, wieso also duzte ich ihn dann, mit einem Tonfall, als wäre ich ihm überlegen oder was Besseres?

Allerdings schien der Mann es mir nicht übel zu nehmen. Er entspannte sich sogar etwas und lächelte.

»Ja, ich weiß, das macht Gismo oft.«

»Oft?«

Mark sah erst nach rechts, dann nach links, ernsthaft, wie ein Vorschulkind vor dem Überqueren der Straße. Von Osten aus näherte sich ein Lkw, der garantiert schneller als hundert Stundenkilometer fuhr. Mark wartete ab, bis das Baufahrzeug an uns vorbeigeschossen war, dann sagte er mit Blick auf Gismo: »Irgendwann geht das schief, wenn er so gerne auf dem Asphalt pennt.«

Das Grinsen der Vogelscheuche wurde breiter. »Nein, das geht nicht schief.«

»Ach ja? Ist er unsterblich?«

»Ganz genau.«

Mark und mir erstarb das Lachen im Mund.

»Wie bitte?«

»Ihr habt schon richtig gehört. Gismo kann Schmerzen empfinden, er kann leiden, deshalb wollte ich nicht, dass ihr ihm etwas tut, weil es immer so lange dauert, bis seine Knochen verheilen oder die Brandwunden, die er sich einfängt, wenn die anderen Kinder ihre Zigaretten auf ihm ausdrücken, aber ...«

Er schob sich seine Baseballkappe nach oben, kratzte sich eine juckende Stelle am Haaransatz.

»... aber sterben? Nein.« Er schüttelte den Kopf. »Das geht nicht. Gismo kann man nicht töten. Er hatte doch den Kontakt, wisst ihr?«

Und so lernten wir Stotter-Peter kennen.

5. Kapitel

1993 machte man als Dreizehnjähriger seltsame Dinge. Man ging in Schnulzen wie »Bodyguard«, weil man irrigerweise hoffte, dass das Mädchen, der man die Kinokarte spendiert hatte, sich am Ende so befummeln ließ wie Whitney Houston von Kevin Costner.

Man verabredete sich am Theodor-Heuss-Platz und zog dann in einer Horde zu Geburtstagspartys, auf die man nicht eingeladen war.

Und man ignorierte jede noch so sinnvolle Warnung der Eltern, wie »Lass die Finger von Zigaretten«, »Dreh den Walkman leiser, wenn du später nicht taub werden willst« oder, der Klassiker, seitdem man denken konnte: »Halt dich von Fremden fern.«

Was Letzteres anbelangte, taten Mark und ich mal wieder exakt das Gegenteil. Wir folgten der wandelnden Vogelscheuche durch etwas, was zu schmal für einen Waldweg und zu breit für einen Trampelpfad war. Und das in dem vollen Bewusstsein, einem Gestörten hinterherzulaufen, den die Polizei für einen Sittlichkeitsverbrecher hielt.

»Haben wir eigentlich den Verstand verloren?«, fragte ich Mark, der wieder vor mir herlief. »Du weißt schon, wer das ist?«

»Stotter-Peter, hat er doch selbst gesagt, als du ihn eben danach gefragt hast.«

»Und wieso latschen wir dann mit ihm durch den Wald?«

Mark blieb kurz stehen, und ich tat es auch.

»Glaubst du wirklich, er kann es mit uns beiden aufnehmen?«

Er spannte den Bizeps und die Brustmuskeln an.

»Ja«, sagte ich. »Natürlich. Wenn er eine Waffe hat.«

»Waffe!« Mark spuckte das Wort verächtlich aus. »Nun sei nicht so eine Memme. Er hat gesagt, er will uns beweisen, dass sein Hund unsterblich ist. Jetzt sag mir nicht, du hast keine Lust, dir das anzusehen.«

»Mann, das ist doch genau die Masche dieser Kinderficker. Wenn wir vier Jahre alt wären, hätte er uns mit einem Kaninchen geködert.«

»Du spinnst!«

Mark setzte sich wieder in Bewegung, und ich wollte ihn weder alleine lassen noch selbst alleine bleiben, also lief ich ihm weiter hinterher. Stotter-Peter war mittlerweile aus unserem Blickfeld verschwunden, aber Gismo kam wieder zurück, wartete, bis wir zu ihm aufgeschlossen hatten, und wies uns fortan den Weg, bis wir zu einer kleinen Lichtung kamen.

»Und nun?«

Von Stotter-Peter war weit und breit nichts zu sehen. Um uns herum nur Moos, Äste, Laub und weit auseinanderstehende Bäume mit dunklen Stämmen.

»Der verarscht uns doch«, sagte ich und pulte etwas von der Rinde des Baums ab, an den ich mich anlehnte. Gismo hatte sich flach hingelegt, den Kopf auf die Vorderpfoten gebettet.

»Ich meine, was soll der Schwachsinn von einem Versteck im Wald, in dem er jetzt lebt?«

»Ich wohne schon lange nicht mehr in dem Bungalow. Zu viele Menschen, die mich nicht leiden können, kommen mich dort besuchen«, hatte er uns erklärt.

»Und wieso heißt er eigentlich Stotter-Peter, wenn er völlig normal redet?«

»Weil von euch keine Gefahr ausgeht«, schallte es von oben herab. Wir legten den Kopf in den Nacken und sahen in die Luft. »Ich stottere nur, wenn ich mit bösen Menschen sprechen muss.«

Ein dicker Regentropfen klatschte mir ins Auge, weshalb ich ihn nicht sofort sah. Auch Mark hatte bei dem Wetter Probleme, den Sichtkontakt herzustellen.

»Huhu, hier bin ich.«

Etwa sechs Meter über uns winkte eine Hand.

»Krass«, entfuhr es Mark, und ich musste ihm zustimmen.

»Wie hat er das denn geschafft?«

Meine Frage bezog sich auf zweierlei: zum einen, wie dieses gewaltige Baumhaus in den Wipfel der Eiche gelangt war. Zum anderen, wie Peter es so schnell dorthinauf geschafft hatte. Die zweite Frage beantwortete sich von selbst, als es einen lauten Rums gab und ich mit einem spitzen Schrei zurückwich, weil das Ende der Strickleiter genau vor meinen Füßen aufgeklatscht war.

»Kommt hoch!«, rief Stotter-Peter und lachte weit oben über unseren Köpfen.

Wir zeigten ihm den Vogel und wollten schon wieder abdrehen, als er uns mit einem simplen Trick dazu brachte, unsere Meinung zu ändern. Dem Trick, mit dem man fast alle einfältigen Jugendlichen dieser Welt dazu bekommt, etwas zu tun, was sie eigentlich nicht wollen: Er appellierte an unseren Stolz, indem er rief: »Ich wette, ihr traut euch nicht, ihr Schisshasen!«

6. Kapitel

Der Aufstieg war weniger beschwerlich, als ich befürchtet hatte. Sicher, es schwankte, und je höher man kletterte, desto heftiger zurrte der Wind an einem, aber jung zu sein heißt in erster Linie, die Gefahren nicht zu kennen, die das Leben für einen bereithält. Und da wir nicht über Schädelbasisbrüche und Querschnittslähmungen nachdachten, hatten wir auch keine Angst, die Strecke bis zur hölzernen Plattform zu erklimmen, die quasi die Terrasse des Baumhauses darstellte.

Es war aus dem gleichen Holz wie der Baum selbst beschaffen; rohe, grob geschlagene Eichenplanken, die mit dicken Seilen zusammengebunden waren.

Der mit einer Lkw-Plane verhangene Eingang war so tief und niedrig, dass man durch ihn hindurchkriechen musste wie durch eine Hundeklappe, aber im Inneren des quadratischen Raumes war es erstaunlich geräumig. Ein kleines Regal mit weißen Brettern, eine Metalltruhe und eine batteriebetriebene Tischlampe waren fast die einzigen Gegenstände darin.

Ein kleines Fenster bot einen guten Blick über den Wald Richtung Landstraße.

Stotter-Peter hatte den Boden mit karierten Sitzkissen ausgelegt, auf die wir uns setzten.

»Hätte nicht gedacht, dass ihr das schafft.« Er grinste

in sich hinein und öffnete die Metalltruhe. Er fragte uns, ob wir Schokolade essen wollten, aber nichts lag uns ferner.

Mit einem vorbestraften Kinderschänder zusammenzusitzen, an einem Ort, den außer ihm vermutlich niemand kannte, hoch oben in den Brandenburger Wäldern, war schon unvernünftig genug. Sich irgendetwas von dem in den Mund zu stecken, was der Verwahrloste hier oben als Vorrat hortete, kam überhaupt nicht in Frage.

»Also, was ist denn nun mit dem Köter?«, fragte Mark unwirsch. »Was soll das für ein Beweis sein, dass er nicht sterben kann? Wir haben nicht den ganzen Tag Zeit.«

»Ist ja gut, ist ja gut.«

Stotter-Peter entnahm der Truhe eine Keksdose und öffnete sie mit nervösen Fingern.

Er leckte sich über die Lippen, während er ihr drei bierdeckelgroße Fotos entnahm.

»Achtet aufs Datum«, bat er, dann zeigte er uns die erste Aufnahme. *13. 10. 1987.* Sie zeigte einen kleinen Welpen, unverkennbar Gismos Strubbelfell.

»Da war er vier Monate alt. Ich bekam ihn von einer Bäuerin aus Beeskow, die von ihm in die Hand gebissen worden war. Da wollte sie den süßen Fratz nicht mehr.« Er lächelte versonnen, sein Daumen streichelte über das leicht verblichene Bild.

»Dann hier, am ersten September, mein vierunddreißigster Geburtstag, knapp ein Jahr später.« Wir betrachteten eine Aufnahme, die auf der steinernen Terrasse eines Einfamilienhauses aufgenommen worden war. Gismo sonnte sich und streckte dem Fotografen seinen Bauch samt Brust mit der schwarzen, s-förmigen Maserung entgegen.

Ich spürte, wie Mark neben mir unruhig wurde.

»Alter, wenn wir Bock auf dein Poesiealbum gehabt hätten, dann ...«

»Sieht das für dich nach Poesie aus?«, fragte Stotter-Peter und zeigte uns das dritte Bild. Aufgenommen am 12. April 1989. Auf einer Landstraße. Gismo lag wie vorhin, halb auf dem Asphalt, halb auf der anderen Seite der weißen Linie. Es gab nur einen Unterschied: Sein Kopf war aufgeplatzt, eine Reifenspur führte mittig über den eingedrückten Schädel, dessen Inhalt, Blut und Gehirn, über die Straße verteilt war.

»Alter«, keuchte Mark. Ich sagte gar nichts. Starrte wie hypnotisiert auf das Fell-Fragezeichen, das jetzt wie eine stumme Anklage aussah.

»Das ist doch ein Scherz?«

Stotter-Peter schüttelte den Kopf.

»Gismo wurde von einem Lada überfahren. Ich hab mit eigenen Augen gesehen, wie der Dreckskerl sogar noch Gas gab, als er sah, dass er sich auf der Straße sonnte.«

Tränen traten ihm in die Augen, und es gab nichts, was mir einen Anlass gab, an Peters Worten zu zweifeln. Nichts, außer meinem gesunden Menschenverstand.

»Aber das ist doch kompletter Schwachsinn«, polterte Mark.

Eine Windbö ließ das Baumhaus erzittern. Besorgt sah ich zum Fenster, durch das ich aus meiner Perspektive, auf dem Boden sitzend, nur den grauen Himmel erkennen konnte.

»Nenn es, wie du willst.« Stotter-Peter zuckte mit den Achseln. »Es gibt vieles im Leben, was du dir nicht erklären kannst. Nimm mich zum Beispiel. Mir kleben die Worte an der Zunge, und ich beginne zu stottern, sobald ich spüre, dass der Mensch, der mir gegenübersteht, etwas Böses im Schilde führt.«

»Das tun wir nicht«, rutschte es mir raus. Mark warf mir einen irritierten Blick zu.

»Richtig, ihr nicht. Dein Bruder hier ...«, Stotter-Peter sah mich an und zeigte dabei auf Mark, »er spielt zwar den bösen Jungen, aber ich weiß, dass er mir kein Haar krümmen wird.«

»Sei dir mal nicht zu sicher«, grunzte Mark.

»Oh doch, ich bin mir sicher. Ich hab ein Stotter-Radar im Mund.« Peter grinste. »Und das sagt mir, ihr seid eigentlich ganz gute Jungs.«

Und du bist eigentlich ein verwirrter Pädophiler, dachte ich und deutete auf die Fotos.

»Also du willst uns erzählen, dieser Matsch da ist Gismo?«

Er nickte.

»Der Gismo, der jetzt da unten am Baum wartet?«

»Oder herumstreunt, ja. Ich habe keine Ahnung, was er macht, wenn ich hier oben bin. Er ist sehr selbstständig, war auch das halbe Jahr ganz alleine, als ich im Bau war. Einmal hab ich ihn hier mit raufgenommen, die Leiter hochgebuckelt, aber es hat ihm nicht gefallen. Seitdem lass ich ihn lieber unten.«

»Ist ja interessant«, sagte Mark ironisch und beugte sich zu Stotter-Peter nach vorne. »Aber erzähl doch mal. Wie ist das abgelaufen? Hast du den Hund begraben, und er hat sich wieder freigebuddelt, so wie im ›Friedhof der Kuscheltiere‹?«

Stotter-Peter schüttelte den Kopf und wirkte regelrecht empört.

»Nein, natürlich nicht. Es war ganz anders.«
Er wartete ab, bis der Wind, der gerade aufgefrischt war, nicht länger durch die Ritzen des Fußbodens pfiff, und

fuhr dann leise fort: »Nach dem Unfall ging ich nach Hause und wollte Schubkarre und Schaufel holen, um Gismo von der Straße zu kratzen und ihn in meinem Garten zu beerdigen. Als ich daheim ankam, stand er vor der Haustür und wedelte mit dem Schwanz.«

»Ach hör auf!«, sagte ich.

Stotter-Peter sah mich an. Sein Blick war wie ein Magnet. Ich schaffte es nicht, mich von seinen klaren, dunklen Augen loszureißen.

»Die Welt ist voller Wunder und Geheimnisse«, sagte er. »Oder könnt ihr mir erklären, wie eine Mikrowelle funktioniert? Oder diese neumodischen Autotelefone?«

Mark lachte auf.

»Nein, können wir nicht. Aber irgendein schlauer Physik-Idiot wird das schon hinbekommen. Und mit einem Blick auf deine Fotomontagen wird er auch die Fälschung erkennen.«

Er zeigte auf die Fotos. Stotter-Peters Miene war nun endgültig empört.

»Das sind keine bearbeiteten Bilder«, protestierte er. »Die hab ich selbst geschossen.«

»Ach ja? Und wieso atmet das Vieh da unten dann noch?«

Mark stampfte wütend mit dem Fuß auf den Boden. Es gab einen Klang, als habe er auf eine afrikanische Urwaldtrommel geschlagen. Das gesamte Baumhaus stand für einen kurzen Moment unter Schwingungen, die sich auf mich übertrugen und meine Nervosität verstärkten.

Stotter-Peter, der sah, dass wir ihm trotz der Fotos kein Wort glaubten, seufzte und schien mit sich zu ringen, ob er uns etwas anvertrauen durfte. Plötzlich gab er sich einen Ruck und fragte:

»Okay, was wisst ihr über den Storkower See?«

Synchrones Achselzucken von mir und meinem Bruder.

»Ihr habt sicher den Storch im Wappen auf dem Ortseingangsschild gesehen?«

Wir nickten.

»Wunschdenken«, erklärte er uns. »Die Bewohner wollen lieber mit einem schönen Federvieh als mit tödlichem Schlamm in Verbindung gebracht werden.« Er schüttelte halb belustigt, halb verärgert den Kopf. »Storkow klingt vom Namen her vielleicht wie Storch, kommt aber von *Sturkuowe*, das ist slawischen Ursprungs für Sumpf.«

»Oh bitte, jetzt nicht auch noch Geschichtsunterricht«, stöhnte Mark, blieb aber sitzen. Ich für meinen Teil musste zugeben, dass ich den Nachmittag bis jetzt ganz spannend fand und gerne mehr von dem Waldschrat hören wollte. Solange wir es nur rechtzeitig zum Tennis schafften.

»Der große Storkower See ist also in Wahrheit der Sumpfsee. Und verborgen im Schlamm auf seinem Grund lag etwas, das am besten niemand mehr zu Gesicht bekommen hätte.«

»Und das wäre?«

»Ein Spiegel!«

Stotter-Peter zeichnete mit den Händen die imaginäre, rechteckige Form des Rahmens in die Luft.

»Jeder, der in ihn hineinschaut, verändert sich.«

»Inwiefern?«

»Er dreht dich von rechts nach links, wie ein Pulli, auf die falsche Seite.«

»Das verstehe ich nicht«, sagte ich.

»Es ist auch schwer. Lass es mich so formulieren: Alles, was an dir gut und liebenswert war, verkehrt sich in sein

Gegenteil. Und alles Schlechte wird gut. Aus negativ wird positiv und umgekehrt. Äußerlich bleibst du ganz der Alte, doch innerlich ist deine Seele komplett umgekrempelt.«

Er musste das Unverständnis in unseren Augen gesehen haben und versuchte es uns an einem Beispiel zu erklären.

»Da war einmal ein Mädchen, sie war keine fünf Jahre alt, ein knuddliges, immer lächelndes kleines Bündel Leben. Ihr Vater betrieb ein Fischrestaurant am See, und einmal in der Woche warf er selbst die Angel aus. Eines Tages, das ist bestimmt schon zehn Jahre her, hatte er keinen Zander am Haken, sondern ein Stück Müll. Dachte er erst, und da er ein naturliebender Mensch war, holte er das rechteckige Schrottstück aus dem Wasser. Nur, dass es kein Schrott war, sondern ein Spiegel. Er befreite ihn vom Schlamm und betrachtete sich selbst darin.«

»Lassen Sie mich raten: Kurze Zeit darauf war er tot.«

Stotter-Peter schüttelte den Kopf. »Hörst du nicht zu? Ich sagte, der Spiegel verändert dich, er bringt keinen um. Das tun nur wir Menschen.«

Er legte die Fotos, die er neben seinen Knien abgelegt hatte, zurück in die Keksdose.

»Aber du hast trotzdem recht. Drei Tage später steckte sich der Vater eine doppelläufige Schrotflinte in den Mund und drückte ab.«

»Und der Spiegel soll daran schuld sein?«

»Eine andere Erklärung gibt es nicht. Ihr müsst wissen, der Mann war strenggläubiger Katholik. Er ging fest davon aus, dass Selbstmörder im ewigen Fegefeuer schmoren. Von allen Bürgern Storkows war er der Letzte, der sich umbringen würde. Aber der Kontakt hatte ihn verändert. Der bislang fröhlichste, lebensbejahendste, optimistischste Mensch, den man sich nur denken konnte, wurde quasi über Nacht depressiv und entwickelte Todessehnsüchte, die seine Religion ihm aufs Strengste verbot.«

»Was hat das mit deinem Köter zu tun?«, fragte Mark, hörbar genervt. »Und was spielt das Mädchen für eine Rolle?«

»Nicht so ungeduldig, dazu komme ich später noch.«

Stotter-Peter griff sich an seinen Kehlkopf und schluckte. Intuitiv fasste auch ich mir an meine Kehle, während ich ihm weiter zuhörte.

»Nach dem Tod des Vaters verkaufte die Mutter das Haus und zog mit ihrer einzigen Tochter in einen anderen Ort. Ich hatte damals noch meinen kleinen Gebrauchtwarenladen, und sie erlaubte mir, das Haus auszumisten und alles, was ich für wertvoll hielt, zu behalten.«

»Und da fandest du den Spiegel?«

»Nicht ich. Gismo. Ich hatte ihn zu der Entrümpelung mitgenommen, und er entdeckte das Teil im Keller. Er muss sich furchtbar aufgeregt haben, denn ich hörte, wie er wie von Sinnen bellte, dann klirrte es. Noch bevor ich unten angekommen war, hatte er den Spiegel umgestoßen und in mehrere Teile zerbrochen. Ein langer Splitter steckte in seinem Hinterlauf.«

Einen kurzen Moment verzog Stotter-Peter seine Mundwinkel, als würde ihm allein die Erinnerung noch immer Schmerzen bereiten.

»Ich brachte ihn zu dem alten Markwort, dem Tierarzt in Reichenwalde. Ich weiß es noch, als wäre es gestern gewesen. Ich saß im Wartezimmer, weil Markwort nie wollte, dass ihm die Tierbesitzer bei der Arbeit über die Schulter schauten, und im Nachhinein bin ich dankbar für seinen Spleen. Denn plötzlich, mitten in der Behandlung, gab es einen kurzen Stromausfall, und auf einmal war es stockdunkel. Ich hörte Markwort schreien, dann, als das Licht wieder anging, riss er die Tür auf und sah aus wie der Tod persönlich.«

Stotter-Peters Stimme wurde immer leiser und dadurch sehr eindringlich. Mark und ich beugten uns etwas nach vorne, um ihn verstehen zu können. Die eigentümliche Stimmung hatte etwas von einem Lagerfeuer, an dem sich Freunde gruselige Geschichten erzählen.

»Er bat mich in einen Nebenraum und fragte flüsternd, wo der Rest des Spiegels wäre.«

»Der Tierarzt?«, fragte ich.

»Ja. Markwort war damals schon beinahe siebzig. Ein Ureinwohner in der Oder-Spree. Er lebte in der achten Generation hier und kannte alle Sagen und Mythen, die sich um diese Region ranken. Daher kannte er selbstverständlich auch den Seelenspiegel.«

»Selbstverständlich«, äffte Mark ihn nach. Stotter-Peter ließ sich nicht beirren.

»Es ist ein Spiegel, für den man kein Licht braucht. In dem man sich auch erkennt, wenn es stockdunkel ist.«

»Und den hatte er aus Gismos Pfote entfernt?«

Er nickte mir zu.

»Ganz genau. Als das Licht ausfiel, konnte er trotzdem seine Augen in dem Splitter erkennen. Glücklicherweise hatte er nur kurz hineingesehen, aber es reichte aus, um ihn so sehr zu verändern, dass er am nächsten Tag seine Praxis aufgab und das tat, was noch nie ein Markwort zuvor getan hatte: Er zog weg. Ich habe nie wieder etwas von ihm gehört.«

»Und das alles nur wegen eines Spiegels?« Ich sah ihn ungläubig an.

»Nicht wegen eines Spiegels. Sondern wegen des Storkower Seelenspiegels.«

Als Stotter-Peter weitersprach, wanderte sein Blick unruhig zwischen uns hin und her.

»Vor seiner Flucht aus Reichenwalde, und nichts anderes war es, war Markwort noch zu dem Haus des Restaurantbesitzers gefahren und hat den Spiegel entsorgt. Er hat mir verboten mitzukommen. Angeblich wäre es zu gefährlich. Aber ich hab im Garten gewartet und gesehen, wie er mit einer dunklen Sonnenbrille auf der Nase und einer blickdichten Plane bewaffnet in den Keller gestiegen und wenige Minuten später wieder nach oben gekommen war. Die Scherben in der Plane eingewickelt, das Gesicht schweißgebadet, als würde er eine Waschmaschine durch den Garten tragen.«

»Zum See?«, fragte Mark.

Stotter-Peter nickte. »Er hat mit einem Hammer so lange auf die Plane geschlagen, bis nur noch Puder von ihm übrig war. Den Spiegelstaub hat er dann auf dem See verstreut, wie die Asche eines Toten. Damit nie wieder jemand in den Seelenspiegel blicken kann.«

Mein Bruder stand auf und tippte sich mit zwei Fingern an die Stirn.

»Okay, wir haben also einen Familienvater, der sich erschießt, und einen Tierarzt, der etwas Müll entsorgt, bevor er seine Praxis dichtmacht. Was zum Teufel hat das mit deinem Hund zu tun?«

Mark musste den Kopf etwas einziehen, um nicht an die Holzplanken zu stoßen. Stotter-Peter blieb zu seinen Füßen sitzen.

»Ich wollte es Markwort ja auch nicht glauben. Dachte, er wär durchgedreht, so wie ihr es jetzt über mich denkt, doch dann erlebte ich es selbst. Denn auch Gismo hat sich verändert, nachdem er in den Spiegel schaute.«

Ich sah, wie seine Pupillen sich verengten.

»Ich sag es nicht gerne, aber kurz vor dem Kontakt, also kurz vor dem Blick hinein, war er kein guter Hund. Er war wild, ungestüm. Eigentlich sogar boshaft. Er riss Hühner, jagte Schafe, kackte in meine Wohnung und bellte mit Vorliebe kleine Kinder an. Ständig biss er die Leine durch, an die ich ihn legte, und mehrmals habe ich mit dem Gedanken gespielt, ihn einfach auszusetzen. Doch nach dem Kontakt war er wie ausgewechselt. Liebevoll, anschmiegsam, kinderlieb und stubenrein. Und noch etwas war anders.«

»Er war unsterblich.« Ich hatte es höhnischer klingen lassen wollen, als es aus meinem Mund kam.

»Ganz genau. Denn das ist die eigentliche Kraft des Storkower Spiegels. Wer in ihn hineinsieht, verändert sich, und diese Veränderung ist nie wieder rückgängig zu machen.«

Mark lachte.

»Also einen größeren Schwachsinn hab ich ja noch nie gehört.«

»Es ist aber die Wahrheit. Niemand, der je in den Spiegel geschaut hat, kann eines natürlichen Todes sterben. Und man kann auch nicht durch die Hand eines anderen ums Leben kommen.«

»Man bleibt also für immer und ewig auf diesem Planeten, ja? Wie ein Vampir?«

Stotter-Peter kratzte sich eine Hautschuppe von der bärtigen Wange und schüttelte den Kopf.

»Vampire gibt es nicht. Keine Kreatur würde den Fluch des ewigen Lebens so lange aushalten, wenn sie die Chance hätte, ihn zu beenden.«

»Selbstmord?«, keuchte ich, wider Willen fasziniert von dieser aberwitzigen Schauergeschichte.

»Ganz genau. Denn das ist der einzige Weg für ein Lebewesen, das in den Seelenspiegel sah, sein Dasein zu beenden. Man kann sich nur aus eigener Kraft töten. Nichts und niemand sonst ist dazu in der Lage. Nicht einmal ein Autoreifen, der einem den Schädel zerquetscht, bis auf vielleicht ...«

Stotter-Peter holte tief Luft. Von der Betonung her hatte er den letzten Satz nicht beendet, und wir warteten darauf, dass er weiterredete, aber er blieb still und rieb sich nachdenklich das Kinn. Dabei fixierte er meine Brust, und auf einmal hatte ich das Gefühl, als ob er sich plötzlich nicht mehr traute, mir ins Gesicht zu sehen.

»Bis auf was?«, fragte Mark. Stotter-Peter schüttelte den Kopf. »Nichts, nicht so wichtig.«

»Was ist nicht so wichtig? Du wolltest doch gerade noch etwas sagen?«

Das Kopfschütteln wurde heftiger.

»Be...be...bess...besser, ihr ge...ge...geeht jetzt.«

Er stand auf, und wir taten es ihm gleich, verwirrt und erschrocken zugleich, weshalb er auf einmal stotterte.

Wir löcherten ihn noch eine kurze Weile mit Fragen, aber er wurde immer unwilliger und sein Gestammel immer unverständlicher, weshalb wir schließlich den Rückzug antraten, der etwas beschwerlicher als der Aufstieg war, da die Strickleiter jetzt noch feuchter und glitschiger war.

Ich fragte mich, was auf einmal in den merkwürdigen Kauz gefahren war, denn weder hatten wir irgendetwas gesagt noch getan. Ich konnte mir auf die so plötzliche und drastische Verhaltensänderung keinen Reim machen.

Erst als ich wieder sicheren Boden unter den Füßen hatte und mir den Kragen meiner Jacke richtete, wurde mir klar, weshalb er auf meine Brust gestarrt hatte. Und was ihn anscheinend so sehr aufregte, dass er darüber seine Sprache verlor: die Halskette von Sandy. Die, die ich gestern am Baum neben dem Schuppen gefunden und mir in einem Anflug kindlicher Romantik umgehängt hatte. Und die mir unter meinem T-Shirt herausgerutscht sein musste.

7. Kapitel

Steffi hatte Wimbledon gewonnen und mit ihrem Sieg auch die dunklen Wolken vertrieben. Am nächsten Morgen war der Sommer zurück, und den Vormittag verbrachten wir damit, die Kisten auszupacken und unser Hab und Gut einzusortieren, weswegen ich jetzt hundemüde war und ernsthaft mit dem Gedanken spielte, den nächtlichen Schlaf, den ich in unserer neuen Umgebung noch nicht so gut finden konnte, nach dem Mittagessen nachzuholen.

Aber die Aussicht, Sandy zu treffen, machte mich so nervös und verhinderte, dass ich auch nur ein Auge zubekam. Irgendwann kam Mark dann auf die Idee, die Gegend zu erkunden, und das war eine gute Gelegenheit, mich ihm anzuschließen. Uns trennte nur ein mickriges Lebensjahr, aber mit dreizehn genoss ich noch lange nicht das Vertrauen, das meine Eltern ihrem Ältesten schenkten, den sie in vielerlei Hinsicht für erwachsener und reifer hielten als mich.

Sie ließen mich ungern alleine irgendwohin, und da traf es sich gut, als Mark gegen sechzehn Uhr mit mir freiwillig aufbrechen wollte. Nur musste ich ihn bald loswerden. Sandy hatte ausdrücklich geschrieben, ich sollte ohne Begleitung kommen.

Es lohnt sich.

»Aber haltet euch von der Hütte fern«, rief Mama uns

hinterher, der wir natürlich nichts von unserer gestrigen Begegnung mit Stotter-Peter erzählt hatten. Wie Papa wusste sie nichts von dem Versteck im Wald, und ihre Sorge um uns hatte bislang nur den Bungalow gegenüber als Fixpunkt.

»Und denkt daran, was ihr über den See gehört habt!«

Zum einen Ohr rein. Zum anderen ...

Was Stotter-Peter anbelangte, konnte sie allerdings ganz beruhigt sein. Der Himmel war wolkenlos, der Wind abwesend und die Sonne so erbarmungslos grell, dass uns nur nach einem der Sinn stand: so schnell als möglich ins Wasser zu kommen.

Wir trugen unsere Badesachen unter den Shorts, wobei ich mir nicht sicher war, ob ich meine kurzen Hosen ausziehen würde. Die Badehose darunter hatte eine grässlich grüne Farbe, vermutlich der Grund, weshalb sie bei Aldi im Angebot gewesen war.

»Weißt du, wo es langgeht?«, fragte ich Mark, der zielstrebig vorangegangen war. Der unbefestigte Waldweg hinter unserem Haus ging leicht bergauf und verlief meiner Meinung nach parallel zum See, nicht direkt auf ihn zu.

»Hab's mir durchgelesen«, antwortete Mark kryptisch und kickte mit seinem Chuck einen Stock aus dem Weg.

»Wo durchgelesen?«

»In Papas Reiseführer, du Idiot.«

Ich nickte.

Von Bad Saarow bis Wendisch Rietz –

Das Märkische Meer und seine Umgebung.

Unser Vater hatte ihn in der Küche liegen gelassen und uns ermuntert, mal reinzuschauen, aber Bücher waren damals für mich ungefähr so spannend wie heute eine Folge Biene Maja.

Wir genossen den Schatten, den das über unseren Köpfen zusammengewachsene Blätterdach der Bäume auf den Weg warf. Schweigend schlenderten wir eine Weile nebeneinanderher, während ich langsam, aber sicher die Orientierung verlor. Meinem Gefühl nach musste der See links von uns liegen, aber zwischen den Bäumen waren in einiger Entfernung nur ein paar Häuser zu erkennen, und die auch nur schemenhaft.

»Wusstest du, dass hier 'ne Masse Promis wohnen?«, fragte Mark.

»Wie Stotter-Peter?« Ich lachte. Wir hatten seit gestern in einer Art stillschweigenden Übereinkunft nicht mehr über ihn gesprochen.

»Nee, echte VIPs. Schauspieler, Musiker und so. Die haben hier alle ihre Ferienvillen.«

»Echt?«

Hier, in dieser Einöde? In unserer Nähe? Kaum vorstellbar.

Als hätte Mark meine Gedanken erraten, ergänzte er: »Die sind natürlich nicht dort, wo unsere Bruchbude steht, sondern direkt am See. Siehst du den Zaun dort?«

Er zeigte nach links.

Ich kniff die Augen zusammen und sah in den Wald. Tatsächlich. Wegen seiner dunkelgrünen Farbe hatte ich ihn zuerst gar nicht bemerkt. Dünner Maschendraht mit Rautenmustern.

»Der steht unter Strom.«

»Quatsch doch keinen Scheiß.«

»Wer von uns hat denn den Reiseführer gelesen, Dumpfbacke? Der Zaun trennt die Normalos von den Promis. Die haben sich hier das beste Stück am Ufer gesichert. Mit Jachthafen und Badestrand. Der hat ursprünglich mal zum Ort gehört, aber nach der Wende sind hier die Investoren eingefallen, haben alles aufgekauft und den Zaun gezogen, und als die vom Ort protestiert haben, war es zu spät. Der Bauantrag war durch, alles genehmigt, und die Dorfjugend war von ihrer Badebucht ausgesperrt.«

»Echt jetzt?«

Er nickte. »Was glaubst du denn, weshalb wir hier diesen Umweg latschen müssen? Die vom Amt haben wegen der Proteste einen neuen Strand ins Schilf kloppen müssen. Da vorne ist er schon.«

Wir bogen um die Ecke, und jetzt konnte ich es sehen. Unser Weg verbreiterte sich und mündete in einen Strand, der sanft zum Ufer des Sees abfiel.

Mark pfiff anerkennend durch die Zähne und zog sich im Laufen das T-Shirt aus. Ich sah mich erst einmal um.

Tatsächlich wirkte die Badebucht irgendwie künstlich, mit frisch lackierten, nagelneuen Mülleimern am Strand, einer fast perfekt geschlagenen Schneise im Schilf und einem Steg, in den sich noch nicht allzu viele Wellen verbissen haben konnten.

Ich streifte meine Schuhe ab und war gleichzeitig verwundert, froh und nervös. Verwundert, weil wir die Einzigen an einem so schönen Sommertag waren, froh, weil die Clique von gestern nicht da war, und nervös, was ich Mark sagen sollte, wenn Sandy tatsächlich in etwa zehn Minuten hier aufkreuzen sollte. Zudem hoffte ich, am richtigen Platz zu sein, aber laut Mark war das ja die einzige offizielle Badestelle in der Nähe.

Fürs Erste ließ ich ihn alleine in den See springen, den Kopf voran, unerschrocken wie immer.

Ich zog T-Shirt und Turnschuhe aus, setzte mich in eine natürliche Mulde etwas abseits vom Steg in den Sand und sah ihm dabei zu, wie er durch das Wasser kraulte.

Das ging eine Weile so, bis ich das Gefühl hatte, beobachtet zu werden. Ich drehte mich um und sah sie.

Sandy.

Sie stand einfach nur da, neben einem dieser Mülleimer, ohne zu lächeln, ohne eine Geste des Erkennens. Mir kam ihre Körperhaltung etwas sonderbar vor, erst später wurde mir klar, dass ich sie nicht in einer Bewegung ertappt hatte, sondern sie schon eine ganze Weile dort gestanden haben musste, ohne sich vom Fleck zu rühren. Aber wieso? Weshalb hatte sie nichts gesagt oder war näher gekommen?

Ich hob meine Hand, und eine Zeit lang reagierte sie nicht, dann plötzlich, als ob ein Schalter umgelegt worden wäre, lächelte sie und kam auf mich zu.

Ich stand auf und steckte beide Hände in die Taschen, was vermutlich ziemlich bescheuert aussah in kurzen Hosen, aber noch bescheuerter wäre es gewesen, wenn ich ihr reflexartig die Hand entgegengestreckt hätte.

»Hi«, sagte ich, als sie direkt vor mir stand. Sie sagte nichts, dafür wurde ihr Lächeln breiter.

Sie trug eine knallenge, abgeschnittene Jeanshose, deren Beine nicht sehr viel länger waren als die einer Unterhose. Ihr T-Shirt mit der Aufschrift »Yes« reichte nicht mal bis zum Nabel, an dem ich einen winzigen Leberfleck erkannte, der wie ein Markierungspunkt für ein zukünftiges Piercing aussah. Ihr Bauch war flach und braun, so wie in der Sonnenmilchwerbung. Sie war kleiner, als ich sie in Erinnerung hatte, kaum ein Meter fünfzig groß, mit winzigen Füßen.

»Wie geht's?«

»Okay.« Sie zeigte mir ihre Zähne, die alles andere als gerade standen, aber das war mir egal. Wir setzten uns.

»Du heißt also Sandy?«, fragte ich sinnloserweise.

Sie nickte und begann mit ihren Zehen im Sand zu spielen. Ihre Nägel waren rosa lackiert und schienen eine hypnotische Wirkung auf mich auszuüben, denn plötzlich konnte ich nichts anderes mehr tun, als auf ihre Füße zu starren und wie ein Bekloppter nach irgendeiner intelligenten Bemerkung zu suchen, mit der ich die Unterhaltung in Gang bekam. Aber es wollte mir ums Verrecken nichts einfallen.

Zu allem Überfluss tauchte der Schatten meines Bruders über uns auf. Ich hatte nicht bemerkt, wie er aus dem See gestiegen und zu uns rübergekommen war.

»Wen haben wir denn da?«, fragte er, was auch nicht gerade geistreich war, aber immer noch besser als »Hi«.

Dicke Tropfen perlten von seinem trainierten Körper vor uns in den Sand. Er ruderte und spielte Tennis, so wie ich, aber mit wesentlich mehr Leidenschaft.

Für einen Moment hatte ich Angst, er würde mir die Tour vermasseln, doch er neigte nur den Kopf, um das Wasser aus dem Ohr laufen zu lassen, und sagte: »Ich hab noch eine andere Bucht entdeckt, da schau ich mich mal um. Wir sehen uns in einer Stunde zu Hause, okay?«

Er zwinkerte mir zu, wie es auch der Polizist getan hatte, und ich fragte mich, wieso alle Menschen in meiner Umgebung so taten, als ob wir ein Geheimnis teilen würden.

»Okay«, rief ich ihm viel zu spät hinterher, da war er schon mit seinem T-Shirt und den Schuhen in der Hand im Waldweg verschwunden.

»Dein Bruder?«, wollte Sandy von mir wissen.

»Hm.«

»Sieht niedlich aus. Älter?«

»Ein Jahr.«

Na, das fängt ja gut an.

»Du trägst die Kette.« Sie lachte.

Peinlich berührt griff ich mir an den Hals. Obwohl sie von der Sonne heiß war, hatte ich sie ganz vergessen.

»Hab sie gefunden«, sagte ich und wollte sie abmachen. Sie schüttelte den Kopf.

»Lass nur, steht dir gut.«

Ich war mir sicher, dass sie sich über mich lustig machte, ließ die Kette aber, wo sie war.

»Ich bin übrigens Simon«, sagte ich etwas unbeholfen.

»Ich weiß.«

»Woher?«, fragte ich verblüfft.

»Ich weiß alles über dich.« Sie gurrte ihr Taubenlachen und warf den Kopf in den Nacken. Eine Schweißperle lief über ihren Adamsapfel. Ich wollte sie mit meinem kleinen Finger aufhalten, traute mich aber nicht.

»So, was weißt du denn noch?«

»Alles. Ich kann deine Gedanken lesen.«

»Ach ja?«

So, wie ich dir gerade auf die Brust gestarrt habe, ist das auch nicht besonders schwer.

»Soll ich es dir beweisen?«

Ihr Lächeln war verschwunden. Plötzlich wurde mir kalt, obwohl wir direkt in der Sonne saßen.

»Okay«, sagte ich, unsicher, was ich von dem Date halten sollte.

»Okay«, sagte sie und schien mich nachzuäffen. Doch bevor ich eingeschnappt sein konnte, lächelte sie wieder und sagte: »Au ja, das wird dir Spaß machen. Lass mich in deinen Kopf sehen.«

8. Kapitel

Sie lag, das Kinn auf eine Hand abgestützt, auf der Seite im Sand und ließ ihren Blick über meinen Körper wandern. Ich hockte im Schneidersitz und spannte meine Bauchmuskeln an, die sich aber nicht so sehr unter der Haut abzeichneten, wie ich es mir gewünscht hätte.

»Wettest du gerne?«

Ein knallrotes Motorboot kreuzte den Abschnitt der Badebucht etwa in der Mitte des Sees, und ich folgte seiner Route, während ich sagte: »Du meinst auf Spiele, Fußball und so?«

»Auf alles. Ich wette auf alles um mein Leben gern. So habe ich meine Jungfräulichkeit verloren.« Sie gurrte wieder ihr Taubenlachen und zwinkerte mir auf die Art zu, die ich bis heute bei hübschen Frauen nicht deuten kann. Wollte sie mich verarschen oder flirten? Vermutlich beides.

»Ich hab nichts bei mir«, sagte ich, da Geldwetten die einzigen Wetten waren, die ich kannte. Mark war für so etwas eher zu begeistern. In der Schule forderte er ständig jemanden heraus; mal ging es um etwas Albernes – wie am längsten die Luft anzuhalten – oder um etwas Peinliches – wie dem Mädchen in der Reihe vor einem seine Schamhaare auf den Ordner zu streuen. Unsere Klassenlehrerin hielt uns für frühreif und hatte recht. Wir waren so randvoll mit

Pubertätshormonen abgefüllt, dass es ein Wunder war, dass wir nicht zur Tagesschau onanierten. Kein ganz einfacher Zustand, wenn man halb nackt neben einem Mädchen saß, das allem Anschein nach genau jene sexuellen Erfahrungen bereits gemacht hatte, von denen man nachts träumte und über die man tagsüber mit den Freunden phantasierte.

»Geht nicht um Geld, das ist langweilig. Pass auf.«
Sie stand auf, um aus der hinteren Tasche ihrer Shorts ein Kartenspiel herauszuziehen.

»Sieh dir das Blatt an.«

Mit geübtem Griff zog sie sechs Karten aus dem Stapel. Zuerst achtete ich nicht auf die unterschiedlichen Farben, war ich doch viel zu sehr von ihrem Ring am Daumen abgelenkt. Ingo, der einzige Sitzenbleiber in meiner Klasse, hatte mir einmal erzählt, das wäre ein Erkennungszeichen dafür, dass die Frauen untenrum rasiert sind. Ich wusste nicht, wozu das gut sein sollte, hielt es aber für extrem versaut.

»Schau her«, befahl sie und lachte keck. »Was siehst du in meiner Hand?«

Ich tat ihr den Gefallen und sagte: »Kreuzbube, Herzkönig, Karobube, Pikdame, Herzdame und Pikkönig.«

»Sehr schön. Und jetzt suchst du dir eine Karte aus.«

»Und du lässt sie dann verschwinden?«

»Ganz genau.«

Ich ahnte eine Falle. Jeder, der als Kind nicht allzu oft

vom Wickeltisch geknallt ist, weiß, dass er bei so einem Trick hereingelegt wird, aber ein langer Blick in die ironisch funkelnden Augen dieses Mädchens, deren Haut sich um den Höcker auf ihrer Nase herum pellte und die nach Pfirsich roch, obwohl der Schweiß ihr das Hemd auf den Brüsten festklebte, sagte mir, dass ich im Moment nichts lieber wollte, als auf ihre Tricks hereinzufallen, also fragte ich: »Und was bekomme ich, wenn du falschliegst?«

»Dann darfst du mich ficken«, sagte sie unverblümt und lachte, nicht um ihren Worten den schmutzigen Klang zu nehmen, sondern weil sie sich über meinen bescheuerten Gesichtsausdruck lustig machte.

»Ach wie süß, du hast noch nicht?«, fragte sie.

Ich schüttelte den Kopf. Ich kannte kein Mädchen, das mich ranlassen würde; ehrlich gesagt, kannte ich noch nicht einmal ein Mädchen, das darüber auch nur reden würde, schon gar nicht so aufreizend und vulgär wie Sandy.

Mark hatte mir von einem Erlebnis mit einer kroatischen Austauschschülerin eine Klasse über ihm erzählt, aber ich glaubte ihm nicht. Und da ich ein noch schlechterer Lügner war als er, hatte ich mich nie in die Reihe derer eingereiht, die auf dem Pausenhof mit ihren imaginären Eroberungen prahlten, von denen sie in der Realität so weit entfernt waren wie unsere Klassenkameradinnen von dem Wunsch, uns an ihre Höschen zu lassen.

»Na dann, such dir eine Karte aus.«

Ich sah auf den Fächer, den sie mir hinhielt. Meine Füße gruben sich in den Sand, der immer kühler wurde, je stärker ich vorstieß, und ich schwöre, ich sah nicht kommen, was mir gleich widerfahren würde, so wie Sie es vermutlich nicht kommen sehen, jetzt, wenn Sie sich still und heimlich in der Sicherheit der eigenen vier Wände ebenfalls eine

Karte aussuchen. Nur zu, machen Sie es so wie ich damals. Wählen Sie eine Karte, aber tippen Sie nicht mit dem Finger drauf, und bewegen Sie bloß nicht die Lippen, wenn Sie sich entschieden haben.

»Und was ist mein Einsatz?«, fragte ich, nachdem ich meine Wahl getroffen hatte.

»Wenn ich gewinne, darf ich deinen Schwanz sehen.«

Ich zeigte ihr den Vogel. »Was hast *du* denn davon?«

Mein erstes Date verlief wie in einem meiner feuchten Träume. Ich war mir nur nicht sicher, ob es sich zu einem Wunsch- oder Albtraum entwickelte.

Sie lachte ein »Du bist ja so süß«-Lächeln und ermunterte mich ein letztes Mal, endlich eine Karte zu wählen, was ich schließlich tat. Sandy hatte einen Knall, so viel war mal sicher, aber wann hörte man die Geschichte von der sittsamen Bildungsbürgerstochter, die einen Dreizehnjährigen in die Geheimnisse der Liebe einweiht?

»Okay.« Sie schloss den Fächer wieder, durchmischte die Karten, als würde sie in ihrer Freizeit als Croupier am Alex arbeiten, und sagte dann mit einem nach oben verzogenen Mundwinkel: »Du hast mir nichts gesagt. Du hast nicht auf die Karte gezeigt. Du hast sogar versucht, an etwas anderes zu denken, kaum, dass du deine Wahl getroffen hast.«

Das stimmte. Ich hatte erst den Karokönig ausgesucht, war dann aber in allerletzter Sekunde auf Herzdame umgeschwenkt.

Umso verblüffter war ich, als Sandy die Karten wieder auffächerte und dabei sagte: »Okay, jetzt sind es nur noch fünf Karten. Eine hab ich verschwinden lassen. Und zwar ... sieh her, die Karte, die jetzt fehlt, ist ... deine, Simon.«

(Und Ihre fehlt übrigens auch, falls Sie mitgemacht haben!)

»Hab ich recht?«

Irritiert, der Fassungslosigkeit nahe, starrte ich sie an.

Die Herzdame war verschwunden.

»Wie ... wie ... also ...«

»Hab ich recht?«, hakte sie noch einmal nach. Eine triumphierende, rhetorische Frage.

»Ja, scheiße. Wie hast du das gemacht?«, sagte ich, mehr zu mir selbst, und fand die Antwort nicht, obwohl sie doch so nahelag. Meine Sinne waren viel zu sehr damit in Beschlag genommen, das zu verarbeiten, was ich gerade zum ersten Mal erlebte. Die Hand eines Mädchens an meinem Schritt, die Finger, die den Reißverschluss lösten, der gierige Blick in Sandys Augen. All das sorgte dafür, dass ich das Gefühl hatte, jemand hätte Brandbeschleuniger in das Erregungszentrum meines Gehirns gekippt.

»Komm schon, zeig mir deinen Wetteinsatz«, flüsterte sie mir ins Ohr.

Natürlich hätte ich klüger sein müssen, aber es gibt wohl kaum einen Zustand niedrigerer Intelligenz als den eines

Teenagers, der mit bis zu den Knöcheln herabgestreiften Hosen vor dem ersten Mädchen hockt, das sich gerade ihr T-Shirt über die Nippel zieht.

Kein Wunder also, dass ich viel zu aufgeregt war, um die Einfachheit ihrer List zu erkennen. Und die grausame Absicht, die sie damit verfolgte.

Der Schlag jedenfalls traf mich wie aus dem Nichts.

9. Kapitel

Ich hatte mich darauf vorbereitet, gleich ihre Zunge in meinem Mund zu spüren. Auf ihren Geschmack nach Honig, Kaugummi und Rauch, der Sandys Atem füllte, doch dann war da nur Blut.

Sandy schrie, und ich weiß noch, wie ich dachte*: Du musst sie beschützen*, aber ich wusste nicht, wie. Er war einfach zu stark. Keine Ahnung, wo der Typ auf einmal hergekommen war, keine Zeit, darüber nachzudenken. Sein erster Schlag hatte mir die Schläfe zertrümmert – jedenfalls fühlte es sich so an – und mir für ein, zwei Sekunden die Lichter ausgeschossen. Erst beim zweiten Treffer, der meine Nase mit Blut flutete, erkannte ich ihn an den langen Haaren. Schwarz, feucht, wie Seetang.

»Du blöder Wichser«, schrie er mich an und riss mich an den Haaren hoch. Meine Kopfhaut knackte, ich spuckte Blut in den Sand, und dann füllte sich mein Unterleib mit Lava. Ich war halb nackt, meine Eier wurden noch nicht einmal von meiner Boxershorts geschützt, und er hatte sein Knie voll ins Zentrum gerammt.

»Juri«, versuchte ich seinen Namen zu wimmern, doch aus meinem Mund schwappte nur luftleeres Stöhnen.

Sandy hingegen schrie aus voller Kehle, doch irgendwie hörte sich das falsch an. Keine Spur ängstlich. Auch nicht besorgt. Sondern eher fröhlich, quietschend.

Ich drehte meinen Mund aus dem Sand (offenbar war ich vornübergekippt), sah zu ihr hoch, und tatsächlich, da stand sie. Lächelnd, über mir. Ihren Kopf an die Brust von Juri gelehnt, den Arm fest um seine Hüfte gezogen.

Was zum Teufel, dachte mein Gehirn die Worte, die mein Mund nicht sprechen konnte. Dafür bewegten sich Sandys Lippen. Statt weiter vor Vergnügen zu kreischen, sagte sie jetzt: »Gut, dass du gekommen bist. Der Wichser hat einfach seinen Schwanz rausgeholt.«

»So ein Scheißkerl!« Juri trat noch einmal zu und erwischte meinen Ellenbogen, mit dem ich meine Eier schützte.

Er beugte sich zu mir herunter, kniete sich neben mich in den Strand und zog meinen Kopf an den Haaren hoch. Ich konnte nichts dagegen tun. Der Schmerz zwischen meinen Beinen war wie ein Magnet, der meine Hände dort unten festhielt. Ich spürte seinen feuchten Atem, während mir das Blut aus der Nase auf die geschwollene Unterlippe tropfte.

»Sollte ich dich noch einmal in ihrer Nähe sehen, bringe ich dich um.« Dann riss er mir Sandys Kette vom Hals, schmiss meinen Kopf zurück in den Sand und ließ mich wie ein Stück Abfall am Strand zurück.

10. Kapitel

Als ich wieder zu mir kam, dämmerte es bereits. Keine Ahnung, wie lange ich ohnmächtig gewesen war, aber es mussten Stunden gewesen sein. Nach dem Aufwachen brauchte ich geraume Zeit, bis ich es schaffte, meinen schmerzglühenden Körper zur Seite zu drehen, zwanzig weitere Minuten, um mich aufzurichten. Nach einer knappen Stunde hatte ich es geschafft, nach Hause zu humpeln.

Vorher hatte ich mein Gesicht im See gewaschen, konnte in dem Spiegelschatten des Wassers jedoch nicht erkennen, wie schlimm ich aussah. Ich hoffte, mich irgendwie heimlich ins Haus zurückschleichen und erst einmal umziehen zu können. Damit würde ich die lästigen Fragen meiner Eltern, was mir zugestoßen war und wo ich mich herumgetrieben hatte, allerdings nur hinauszögern können.

Auf dem Rückweg legte ich mir eine Geschichte zurecht, dass ich vom Steg abgerutscht und auf die Bohlen geknallt wäre. Unter keinen Umständen würde ich ihnen die Wahrheit erzählen; nicht einmal Mark würde davon erfahren, dafür schämte ich mich zu sehr, wobei der Verrat von Sandy noch sehr viel schmerzhafter war als die Prügel, die ich bezogen hatte.

Wieso hat sie das getan, fragte ich mich. Ich fühlte mich erbärmlich, und mein Selbstmitleid wuchs mit jedem

Schritt durch den Vorgarten zur Haustür, die vor mir aufschwang, noch bevor ich meine Hand an der Klinke hatte.

»Simon!«, rief mein Vater. Er klang seltsam erleichtert und besorgt, als hätten wir uns wochenlang nicht gesehen, und er fragte sich, wie es mir in der langen Abwesenheit ergangen war.

Beschissen, Papa, das kann ich dir sagen.

»Wo bist du gewesen?«

Mamas Stimme kam aus dem Hintergrund, ihr Körper wurde beinahe ganz von Papa verdeckt, bis sie sich an ihm vorbei nach draußen unter den Regenschutz des Eingangs schob.

Ich spürte die Blicke meiner Eltern über mein Gesicht wandern.

»Am Strand. Was ist denn?«, fragte ich trotzig und erwartete eine Standpauke.

»Vier Stunden? Am Strand?«

»Ja!«

»Und was ist mit deinem Gesicht passiert? Lüg uns nicht an!«, bellte Papa. »Du hattest einen Zeugen.«

Verdammt, Mark, du Petze.

Ich ließ den Kopf hängen. Noch ein Verrat, langsam war mein Bedarf gedeckt. Hatte der Mistkerl alles mit angesehen und war nach Hause gerannt, anstatt mir zu helfen?

»Also noch einmal, wo wart ihr?«

Ihr?

»Ich war alleine.«

Mein Vater warf meiner Mutter einen »Jetzt lügt der Bengel immer noch«-Blick zu, seufzte genervt und fragte dann: »Schluss mit den Geschichten. Ihr hattet einen Zeugen. Wir wissen das mit Stotter-Peter. Hast du ihn etwa bei ihm gelassen?«

Ich kniff die Augen zusammen, und für einen Augenblick dämpfte die Verblüffung den Kopfschmerz.

»Ihn bei Stotter-Peter gelassen?« In jenem Moment glaubte ich immer noch, er spräche von Juri, als meine Mutter laut wurde und mich angsterfüllt fragte: »Wo ist Mark? Wo steckt er?«

In diesem Moment erst bemerkte ich die dritte Gestalt, die da noch war, direkt hinter meiner Mutter.

»Habt ihr das Baumhaus gefunden?«, hörte ich die Stimme und fühlte mich schon wieder verprügelt. Die Flipflops quietschten vergnügt, als sie mit einem Glas Limonade in der Hand nach draußen kam.

»Mann, das sieht ja echt übel aus«, sagte Sandy und zwinkerte mir zu, ohne dass meine Eltern es mitbekamen.

11. Kapitel

An all das, was in jener Nacht noch folgte, erinnere ich mich heute wie an einen Fiebertraum. Einzelne, lichte Momente, wie den etwa, als ich das Blut im Abfluss versickern sehe oder an den abgeknickten Fuß in den Seilen denke, stechen wie spitze Steine aus dem ansonsten trüben Wasser meines Erinnerungsflusses.

Ich weiß noch, wie meine Knie zitterten und ich mir einen Stuhl gewünscht hätte, hier draußen auf der Veranda, wo mein Vater auf mich herabstarrte, mit einem Blick, als hätte ich ihn unsagbar enttäuscht, während er Sandys Lügengeschichte wiederholte. Wie er sagte, wie froh er gewesen war, das »gute Mädchen« getroffen zu haben. Zufällig. Auf seinem Weg zum Strand, kurz vor Sonnenuntergang, als er anfing, sich Sorgen zu machen, und Mama ihn bat, nach uns zu suchen, weil wir doch schon längst zum Abendessen hätten daheim sein sollen.

»Sie lügt«, hatte ich sagen wollen, doch ich kam nicht zu Wort. Vielleicht hatte ich auch gar nicht zu Wort kommen *wollen*, denn dann hätte ich mich ja erklären müssen. Hätte schildern müssen, wie Sandy mich dazu gebracht hatte, mich vor ihr auszuziehen, um mich dann als Perversen zu denunzieren, der – so schien es mir in jenem Moment – die Prügel für sein notgeiles Verhalten wahrscheinlich verdient hatte.

Also sagte ich nur: »Es war alles ganz anders«, anstatt konkreter zu werden. Anstatt lauthals loszubrüllen: »Die Schlange lügt wie gedruckt. Ich war am Strand. Sie wollte nur nicht, dass du weitergehst und mich findest, Papa. Deshalb hat sie sich diese Geschichte ausgedacht!«

Und diese Geschichte, das erfuhr ich aus dem Mund meiner Eltern, ging wie folgt:

»Ich hab gehört, wie sich Ihre Söhne mit Juri und den anderen unterhalten haben, Herr Zambrowski. Sie wissen schon, mit den Jungs aus dem Kiosk, erinnern Sie sich? Wir sind eine Clique, und, na ja, die haben alle einen auf starker Mann gemacht, wollten mich beeindrucken, nun, Sie wissen ja, wie das ist. Hier ist nichts los, und Mark und Simon kommen aus Berlin, das alleine ist ja schon der Hammer. Und als die beiden dann sagten, sie hätten keine Angst, also als sie sagten, sie hätten schon viel krassere Sachen durchgezogen, als auf ein Baumhaus im Wald zu klettern, na ja, da war die Sache abgemacht. Da sind sie dann los.«

Stotter-Peter einen Besuch abzustatten. In seinem Versteck. Dort, wo er seine dunklen Gedanken züchtet.

So oder so ähnlich hatte sie in unserem Wohnzimmer gesessen, mit roten Wangen, ein Bein unter dem Po versteckt, barfuß, die Flipflops abgestreift, und sich einen Spaß daraus gemacht, meinen Eltern eine Heidenangst einzujagen.

Und jetzt, da ich endlich vor ihnen stand, viel zu spät zurück, grün und blau geschlagen, war ich der lebende Beweis für die Wahrheit einer Geschichte, die allein der Phantasie dieses tollwütigen Mädchens entsprungen war.

»Wir rufen die Polizei«, entschied Mama noch im Eingang, als Papa sich zu mir herabbeugte, mir mit festem Griff die Schulter quetschte und sagte: »Du erzählst uns jetzt ganz genau, was passiert ist.«

Doch dazu kam es nicht mehr, denn plötzlich fingen alle um mich herum an zu schreien: Mama, Sandy, selbst Papa entfuhr ein kehliges Stöhnen, als er meinen Bruder sah: hinkend, eine Hand am Kopf, als hätte er starke Migräne. Barfuß stakste er den unbefestigten Sandweg vom Tor über das Grundstück, und je weiter er in den Lichtkegel trat, den die Glühbirne über der Eingangstür in den Garten warf, desto offensichtlicher wurde, dass er noch beschissener aussah als ich.

12. Kapitel

»Mark«, hörte ich Mama schreien. Sie lief ihm entgegen, schlang die Arme um ihn und zuckte zurück, noch mitten im Freudengeheul (das Wort passte wirklich wie kein zweites, denn sie weinte tatsächlich).

»Du bist ja pitschnass«, entfuhr es ihr, und jetzt sah ich es auch von der Veranda aus. Seine Jeans war drei Farbtöne dunkler, das T-Shirt durchweicht, und die Haare klebten ihm wie die von Juri am Kopf.

»Bin hingefallen«, sagte er knapp. Seine Stimme klang im Gegensatz zu seinen Klamotten sehr trocken, beinahe rau.

»In den See?«, argwöhnte Papa. Wenn er sich freute, Mark wiederzusehen, konnte er es besser verbergen als Mama.

Mark schwieg. Redete kein Wort.

Weder als sich Sandy verabschiedete noch als mein Vater ihn ins Haus führte. Stützte, um genau zu sein. Da merkten wir noch nicht, wie schlimm es um ihn stand. Wir dachten, er wäre erschöpft, müde, hungrig. Erst, als wir in seine Augen sahen, wussten wir, ihm war etwas zugestoßen, und zwar nichts, was sich allein mit einer belegten Stulle und etwas Schlaf wieder richten würde.

Mark blieb stumm und ausdruckslos wie der Blick in seinen Augen. Nur einmal stöhnte er, als der Strahl des heißen Wassers ihn unter der Dusche traf, genauer gesagt in der Badewanne, in die Mutter ihn gesetzt hatte und in der sie ihm seinen Kopf wusch. Ich beobachtete, wie sich das Blut aus der Platzwunde am Hinterkopf löste, hörte meinen Vater im Hintergrund nach einem Notarzt telefonieren (der erst zwei Stunden später aus Bad Saarow eintraf und unverrichteter Dinge wieder fuhr, als Mark schon tief und fest schlief) und verfolgte den Weg des roten Rinnsals über das Emaille bis in den Abfluss hinein.

Ich saß, beobachtete und wartete auf eine Erklärung, ein Wort, irgendeine Bestätigung dessen, was ja auf der Hand lag: dass auch Mark in die Fänge von Juri oder seiner Kumpane gelangt sein musste.

Dabei wurde ich das Gefühl nicht los, nicht meinen Bruder, sondern seine seelenlose Hülle zu beobachten. Was war mit ihm geschehen?

Mark sagte keinen Ton, und ich glaube, es war die Stille, die meinen Vater in Rage versetzte. Nicht einmal eine halbe Stunde später, nachdem ich mich ins Bett gelegt hatte – Mark schlief schon, und ich stand kurz davor –, flog meine Zimmertür auf, und mein Vater stand mit Taschenlampe in der Hand und schweren Stiefeln vor meinem Bett.

»Du bringst mich jetzt zu ihm«, sagte er, und ich machte nicht den Fehler zu fragen, was er meinte, auch wenn ich mir sicher war, dass er sich irrte. Dass Stotter-Peter nichts mit dem zu tun hatte, was Mark zugestoßen war. Andererseits, und mit diesem Gedanken versuche ich auch heute noch mein schlechtes Gewissen zu beruhigen, was wusste ich schon? Ich war ja nicht dabei gewesen!

Also stand ich auf, zog mich wieder an und führte meinen Vater zum Baumhaus.

13. Kapitel

Es war schrecklich. Viel schlimmer als im Film.

Stotter-Peter hatte uns kommen hören, kein Wunder bei dem Lärm, den wir verursachten. Der gestrige Regen hatte nicht gereicht, um das zundertrockene Unterholz zu durchfeuchten. Es knackte und krachte bei jedem Schritt. Wir weckten schlafende Vögel, schreckten Wildschweine und Füchse auf. Und Stotter-Peter.

Ich weiß bis heute nicht, weshalb er runtergekommen war. Wäre er oben geblieben, hätten sie ihn nicht so leicht zu fassen bekommen. Und mit »sie« meine ich meinen Vater und Raik, der sich uns angeschlossen hatte. Ohne Uniform, ohne Marke. In Zivil. Ein privater Freundschaftsdienst, wie er mir sagte, als er uns an der Ausfahrt unseres Hauses abpasste. Papa musste ihn angerufen haben, und er war sofort gekommen. Mit einer Zigarette im Mund und einem aufgekratzten Lächeln in dem wenig rechtschaffenen Gesicht.

Wenn ich es mir recht überlege, habe ich noch nie einen Menschen lächeln sehen, der für einen guten Zweck etwas Schlimmes tun muss. Es sei denn, das Böse macht ihm so sehr Spaß, dass er den guten Zweck darüber vergisst.

Als wir Stotter-Peter fanden, hatte er sich mit dem linken Fuß in der Strickleiter verheddert. Ein leichter Fang.

»Na, wen haben wir denn hier?«, fragte Raik, den Strahl

seiner Taschenlampe auf ihn gerichtet. Stotter-Peter hing nur etwa dreißig Zentimeter über dem Boden fest. Als er die Stimme des Polizisten hörte, ließ er vor Schreck die Seile aus der Hand gleiten und kippte nach hinten. Ich hörte ein unangenehmes Knacken, als er erst mit dem Hintern, dann mit dem Rücken aufknallte.

Er schrie spitz, wie ein Mädchen.

»Hör auf zu jammern, du Dreckskerl.«

Ohne weitere Vorwarnung trat ihm Raik in die Seite.

Einmal, dann noch einmal, bis Vater ihn bat, innezuhalten.

Er beugte sich zu Stotter-Peter hinab.

»Was hast du mit ihm gemacht?«, fragte er. Seine Stimme bebte vor unterdrücktem Zorn. Stotter-Peter sagte nichts. Er lag auf dem Rücken. Sein linkes Bein war nach wie vor in den Seilen verheddert und stach steil nach oben, wie bei einer äußerst schmerzhaften Gymnastikübung, passend verzerrt war sein gequälter Gesichtsausdruck. Er hatte Schmerzen und Angst.

»Mmmmm ... mit w...ww.www.wwwem?«, fragte er meinen Vater und fing sich einen weiteren Tritt in die Nieren ein.

»Raik, nicht vor dem Kind!«, ermahnte Papa und gab mir ein Zeichen, mich wegzudrehen. Ich gehorchte nicht.

»Mit dem Sohn meines Freundes, mit Mark. Was hast du ihm angetan?«

»N...n...n...n...ichts.«

»Aber du gibst zu, dass er bei dir war?«

Stotter-Peter drehte den Kopf, suchte meinen Blick. Als er ihn fand, übertrug sich eine unendliche Traurigkeit von seinem Innersten auf mich selbst.

»Ja«, brachte er ganz fehlerfrei hervor.

Und dann, bevor ich das Missverständnis aufklären konnte, bevor ich erklären konnte, dass er von gestern redete, knallte bei Raik eine Sicherung durch. Später erklärte er mir, dass es manchmal nicht anders ging. Dass man nicht immer den offiziellen Weg gehen dürfe, wenn man den Abschaum aus seinem Revier verjagen wolle.

Als Erstes hieb er Stotter-Peter die Taschenlampe über den Kopf. Dann schaltete er sie aus, vielleicht war sie schon wegen des ersten Schlages kaputtgegangen, und in der darin einsetzenden Dunkelheit konnte ich den Schmerz nicht mehr sehen. Nur noch hören.

Die Tritte, die dumpfen Schläge, die Schreie. Von Stotter-Peter. Und die von meinem Vater, der Raik bat, damit aufzuhören, doch das tat er nicht.

»Scheißkerl«, hörte ich den Polizisten brüllen. »Ich prügele dir die Scheiße aus dem Arsch!«

Und genau das tat er.

Stotter-Peter jaulte so schrill, dass meine Trommelfelle knackten. Ich wollte mir die Finger in die Ohren stecken, aber das ging nicht beim Laufen. Das war es, was ich tat, feige, wie ich war. Weglaufen. Aber es nützte nicht viel, denn ich schien die Gewalt mit mir mitzunehmen. Die Gewalt und die Schreie, die nicht leiser wurden, sondern mich den ganzen Rückweg über verfolgten; von der Stelle mit dem Baumhaus über die Landstraße hinweg bis zu unserem Haus mit den bunten Fenstern. Das gequälte, tränenüberströmte Schluchzen wurde nicht leiser, wie auch? Stammte es doch aus meinem eigenen Mund.

14. Kapitel

Noch in der Nacht wurde ich krank. Sommergrippe, lautete die Diagnose meiner Eltern, aber es war kein normales, schweißtreibendes Fieber, wie ich es von anderen Infekten her kannte, so wie es keine normalen Fieberträume waren, die mir weitaus stärker zusetzen als der Schmerz zwischen den Augen und der elende Schüttelfrost.

Ich wachte auf, mit einem Flächenbrand in Hals und Knochen, die sich anfühlten, als wären sie in einer Schraubzwinge gefangen. Alles war viel klarer, viel realer. Ohne den Schleier, der das Bewusstsein während einer schweren Krankheit normalerweise umwebt und später die Erinnerungen an sie trübt.

Bei mir war es eher so, als ob das Fieber meine Sinne schärfte. Noch nie zuvor hatte ich so gut sehen und – vor allen Dingen – *hören* können. So gut, dass ich von meinem Bett aus im ersten Stock sogar die geflüsterten Stimmen aus dem Wohnzimmer mitbekam. Jedes einzelne Wort, durch die geschlossene Tür hindurch:

»Was passiert jetzt?« Papa.

»Nichts.« Raik.

»Und wenn dieser Peter zur Polizei geht?« Mama.

»Ich bin die Polizei. Aber keine Sorge. Ist nicht die erste Abreibung, die er bekommen hat. Und schon gar nicht die schlimmste.«

Es war zehn Uhr früh, und sie hatten sich in unserem Wohnzimmer versammelt: Mama, Papa, Raik, diesmal ohne seine Partnerin Alexandra.

»Er hat es verdient«, knurrte der Polizist.

Ich hörte, wie jemand an unsere hölzerne Haustür klopfte und meine Mutter sich entschuldigte. In der kurzen Gesprächspause vernahm ich gedämpftes Stimmengemurmel vom Flur her, dann wurde die Unterhaltung im Wohnzimmer wieder aufgenommen.

»Morgen werden wir das Baumhaus abbrennen«, erklärte Raik.

»Aber wir wissen doch gar nicht, ob er ihm etwas angetan hat«, sagte meine Mutter, offenbar wieder zurückgekehrt.

»Fakt ist, er war bei ihm. Fakt ist, er wurde geschlagen. Und Fakt ist, Stotter-Peter hat das bestätigt«, zählte Raik auf.

»Den Besuch«, konkretisierte Papa. »Aber nicht die Schläge.«

Raik seufzte, und Mama gab der Unterhaltung einen neuen Dreh.

»Als ihr gestern weg wart, habe ich mit Mark gesprochen.«

»Du hast ihn geweckt?«, fragte Papa erstaunt.

»Ich hab gehört, wie er zur Toilette ging.«

Ein langes Schweigen, dann, als meine Mutter nicht weiterredete, fragte Raik zögernd, wie jemand, der Angst vor der Antwort hat: »Was hat er gesagt?«

»Dass Stotter-Peter ihm nichts getan hat. Er wollte nur dem Hund helfen.«

»Dem Hund?«, fragte Raik.

»Ja. Die Dorfjugend hatte ihn unter dem Baumhaus gefunden und wollte das Tier quälen. Mark hat es wohl zufällig gesehen und ist dazwischengegangen.«

Was Juri bestimmt nicht gefiel. Das würde die Prügel erklären, die Mark bezogen hat!

»Wieso hast du mir noch nichts davon gesagt?«, fragte Papa aufgebracht.

»Weil Mark quasi im Halbschlaf war, als er mit mir sprach. Vieles, was er sagte, war wirr. Und heute Morgen meinte er, er könne sich an gar nichts erinnern. Außerdem hast du mir auch nicht alles erzählt, was gestern vorgefallen ist.«

»Glaub mir, so genau willst du das auch nicht wissen«, seufzte Papa. »Apropos, was machen wir denn jetzt mit ihm?«

Mit wem? Meine Augen tränten vor Anstrengung, einen Sinn hinter all den Worten zu erkennen.

»Gute Frage«, sagte Raik. »Seit wann hockt Gismo denn vor deiner Tür, Vitus?«

Gismo?

»Keine Ahnung. Heute früh war er jedenfalls da, als ich rauswollte. Er rührt sich nicht vom Fleck.«

»Gib ihm einen Tritt.« Raik lachte. »Oder nimm am besten gleich den Schürhaken. Konnte das Drecksvieh noch nie leiden.«

In diesem Moment schwang meine Zimmertür auf. Lautlos, was mich wunderte, weil Papa sie damals noch nicht geölt hatte. Dann fiel mir ein, dass ich vermutlich träumte, auch wenn mir die Stimmen aus dem Wohnzimmer so real vorkamen. Mein Besuch hingegen konnte nur dem Reich meines Fieberwahns entspringen.

Sandy.

»Verpiss dich aus meinem Traum!«, keuchte ich und versuchte mich wieder auf das Gespräch der Erwachsenen zu konzentrieren.

»Solche Streuner können Hirnhautentzündungen übertragen«, hörte ich den Polizisten sagen. »Und wer weiß, was der Pädophile alles mit ihm getrieben hat?«

Dann wurde seine Stimme von Sandys Taubenlachen übertönt.

»Wie geht's?«, fragte sie grinsend.

Ich krampfte meine Finger zur Faust, mit Ausnahme des Mittelfingers, was sie nicht sah, weil sie mir den Rücken zuwandte, während sie sich in meinem Zimmer umsah.

»Hast du Sekt da?«, fragte mich ihr Trugbild.

Ja, klar.

Sandy trug nichts weiter als ein gepunktetes Bikinioberteil und die Shorts von gestern. Sie schwenkte einen Korkenzieher in der Hand. »Ich würde gerne auf unsere Freundschaft anstoßen.«

Nicht mal im Traum!

Ich schloss die Augen, doch leider hatte sich mir ihre Silhouette in das Feuerwerk hinter meinen Lidern eingebrannt, also konnte ich sie genauso gut wieder öffnen.

»Auch keinen Wein? Egal. Es geht auch so.«

Ich knirschte wütend mit den Zähnen, wischte mir den Schweiß von der Stirn und zischte sie an:

»Kannst du bitte aus meinem Traum abhauen, du Miststück?«

Sandy lächelte nur und versiegelte dabei ihre Lippen mit ihrem Zeigefinger. Dann tat sie etwas, was mich noch heute in anderen Albträumen verfolgt: Sie rammte sich den Korkenzieher direkt in ihr rechtes Auge.

Es gab ein Geräusch, als würde jemand ein rohes Ei zertreten. Glibber floss ihr wie Rotze über die Wange, und die

Augenhöhle füllte sich mit Blut. Speiübel riss ich mir die Hand vor den Mund. Meine Speiseröhre dehnte sich von innen, kämpfte gegen all das, was sich nach oben arbeiten wollte. Hätte ich nicht so viel Galle herunterschlucken müssen, hätte ich geschrien.

»Nein, keine Gewalt mehr«, hörte ich meinen Vater unten zum Hundethema sagen. »Ich finde es ehrlich gesagt schon zum Kotzen, was wir gestern getan haben.«

»Wir?« Raik lachte. »Du hast mir nicht mal die Lampe gehalten.«

»Simon?«

Ich hob meinen Kopf vom Kissen, versuchte Sandy zu fixieren, die vor meinen Augen seltsam verschwamm, während die Stimmen von unten immer leiser wurden.

»Hör mir zu, das ist jetzt ganz wichtig.«

Ich schüttelte den Kopf und gab der Abrissbirne in meinem Kopf damit leider neuen Schwung.

»Ihr dürft hier nicht bleiben. Ihr müsst hier verschwinden«, sagte sie und drehte sich den Korkenzieher weiter in ihren Schädel.

Ich hörte Schritte und hoffte, es wären die meiner Mutter, die nach oben kam, um mich aus meinem Albtraum zu wecken, doch ich träumte nicht, und es war mein Vater, der plötzlich im Türrahmen stand und »Hallo Sandy« sagte, die ihm den Rücken zuwendete.

Sie nickte mir lächelnd zu, packte den Korkenzieher in ihrem Kopf und brach ihn an seinem Griff ab, sodass jetzt nur noch das Gewinde in ihrer Augenhöhle steckte.

Dann drehte sie sich langsam zu meinem Vater.

»Guten Tag, Herr Zambrowski«, sagte sie, und als Nächstes, kurz bevor ich mich entschieden hatte, ob ich brüllen, ohnmächtig werden oder weiterschlafen sollte, drehte sie sich wieder zu mir zurück und zwinkerte mich an. Mit beiden Augen.

Keine Wunde. Alles heil.

»Es ist lieb von dir, unsere Jungs zu besuchen«, sagte Papa. »Aber vielleicht kommst du lieber ein andermal vorbei.«

»Gerne, Herr Zambrowski.«

Der Korkenzieher, besser gesagt das, was von ihm übrig war, war verschwunden. Und mit ihm meine Fähigkeit, zwischen Wahn und Wirklichkeit zu unterscheiden.

15. Kapitel

Das Leben geht weiter.

Manchmal frage ich mich, ob diese Tatsache nicht das Grausamste an unserem Dasein ist. Nicht der Tod und die ihm vorausgehenden Schmerzen, sondern der Fakt, dass ganz gleich, welche Schicksalsschläge das Leben für uns bereithält, die Uhren niemals innehalten. Nicht einmal für einen Wimpernschlag. Dabei hat das Universum doch alle Zeit der Welt. Wäre der Unfalltod eines Menschen nicht viel einfacher zu ertragen, wenn sämtliche Autos für einen Moment stehen blieben? Wenn die Wellen, die das Kind ertränkten, nicht mehr rauschten? Nur für eine kurze Zeit, wenigstens die Trauerfeier über, bis der Sarg sich in das Grab gesenkt hätte. Wird uns die Bedeutungslosigkeit unseres Daseins nicht alleine dadurch gewiss gemacht, dass wir neben dem Totenbett eines geliebten Menschen im Krankenhaus stehen und gleichzeitig vor den Fenstern das Lachen spielender Kinder im Park hören können?

Das Leben geht weiter. Immer.

So war es auch bei uns.

Drei Tage später saßen wir wieder gemeinsam am Frühstückstisch und taten so, als ob nichts gewesen wäre. Mein Fieber war gesunken, ich fühlte mich noch etwas schwach, aber Mark, der kurz nach mir ebenfalls krank geworden war und das Bett hatte hüten müssen, ging es deutlich besser. Außer einem blauen Fleck über dem Jochbein trug er keine Andenken an jenen Abend zur Schau.

Wir waren etwas wortkarger als sonst, aber Mama, bei der sich eine neue Migräne ankündigte, war ganz froh über unsere Schweigsamkeit.

Noch dankbarer hingegen war sie Mark, der seinen Teil zur »Alles ist wieder gut«-Scharade beitrug.

Heute früh hatte ich gehört, wie Papa nach oben gekommen war, um mit ihm eine erste und letzte Aussprache zu dem Thema zu führen. Ich hatte mein Ohr fest an die dünne Wand gepresst und beinahe alles verstanden.

»Hat er dich angefasst?«

»Nein.«

»Du brauchst dich nicht zu schämen.«

»Ich weiß.«

»Also noch mal. Hat er dich ...?«

»Nein.«

»Und woher kamen dann deine Beulen? Dein blaues Auge?«

»Bin gefallen.«

»Vom Baumhaus?«

Ein langes Zögern. Dann leise, durch die Wand kaum zu verstehen.

»Ja, bin ich.«

»Himmel, was hattest du da oben zu suchen?«

Mark hatte etwas gemurmelt, was sich wie *Mullbode* anhörte, aber wohl *Mutprobe* heißen sollte.

»Na schön, es hat keinen Sinn, ihn anzuzeigen, wenn er dich nicht ... na ja, du weißt schon. Aber keine Sorge, wir haben das geklärt. Er wird dir nie wieder zu nahekommen.«

Dann war Papa aus Marks Zimmer gegangen, hatte an

meine Tür geklopft und »in zehn Minuten gibt's Frühstück« gerufen, und jetzt saßen wie hier unten beieinander, und niemand sprach über den Elefanten, der im Raum stand, ein ausgewachsenes indisches Arbeitstier, auf dessen Bauch in neonfarbenen, blinkenden Leuchtlettern geschrieben stand: »Ihr habt einen Unschuldigen zusammengeschlagen, wir Kinder wurden krank, Mama geht es auch nicht gut, Mensch, wieso hauen wir hier nicht wieder ab und fahren nach Berlin zurück?«

Nicht mal eine knappe Woche hier draußen, sechs verdammt kurze Tage, und es ging uns schon schlechter als je zuvor. Oder war ich der Einzige, der damals dachte, vom Regen in die Kanalisation gekommen zu sein?

Sicher nicht. Wir alle dachten das, aber Aufgeben war noch nie eine Option für meinen Vater gewesen, und sich einen Fehler eingestehen, noch weniger.

Und so saßen wir vor unseren Billigcornflakes, gossen haltbare Milch in die Schüsseln und versuchten die zurückliegenden Ereignisse als Startschwierigkeiten zu deklarieren und nicht als das, was sie waren: als einen Wink des Teufels.

Aber da nicht sein konnte, was nicht sein darf – da Papa nicht offen zugeben konnte, dass es ein Fehler gewesen war, sowohl das mit Stotter-Peter als auch, die Brücken nach Berlin abzubrechen –, lächelten wir ihn alle an, als er uns bei der Hand nahm und sein erstes und einziges Tischgebet sprach, in dem er die Macht, die über unser Haus wachte, bat, uns die Kraft zu geben, die ersten schweren Tage durchzustehen.

»Alles wird besser, sobald ich Arbeit finde«, hörte ich ihn zu Mama sagen, als sie sich spät am Abend in der Küche unbeobachtet wähnten. »Glaub mir.«

Sie erwiderte seine ungelenke Umarmung, versank in seiner kräftigen Gestalt und glaubte ihm, so wie wir alle ihm glauben wollten. Und als Raik nur drei Tage später mit den guten Neuigkeiten zu uns kam und Papa von dem Unternehmer erzählte, der eine neue Ferienhaussiedlung in Storkow errichtete, wo seine Arbeitskraft für die nächsten Monate gefragt wäre, da dachten wir wirklich, es würde aufwärtsgehen.

Ach verdammt, manchmal ist es wirklich eine Schande, wie wenig wir wissen. Und wie sehr wir uns in unserer Ahnungslosigkeit selbst belügen.

An jenem Morgen bat ich, beim Frühstück nicht aufessen zu müssen und vor der Tür frische Luft schnappen zu dürfen.

Es war ein weiterer brütend heißer Tag am See, und ich trat zum ersten Mal seit zweiundsiebzig Stunden wieder ins Freie hinaus, mit dem festen Vorsatz, die Blamage am Strand, Juris Schläge, Raiks fehlgelenkte Selbstjustiz und die daran anschließenden Schrecken meiner wirren Fieberträume so schnell wie möglich wieder zu vergessen.

Und als ich die ersten Strahlen auf meiner Haut fühlte und die wohlige Wärme eine Gänsehaut erzeugte, wie ich sie sonst nur kenne, wenn ich im Winter langsam in eine dampfende Badewanne steige, hatte ich das Gefühl, dass es mir gelingen könnte. Dass ich die dunklen Gedanken und Träume wie eine Schlangenhaut abstreifen könnte, sobald sich meine Augen an die mir ins Gesicht scheinende Sonne gewöhnt hätten. Dann aber hörte ich ihn hecheln.

Gismo!

Ich blinzelte, aber er wollte nicht verschwinden.

Stotter-Peters Hund war real. Er stand vor mir auf der Veranda und erinnerte mich daran, wie schwer es mir gefallen war, die selbstverstümmelnden Dämonen aus meinen Fieberträumen zu verbannen.

»Fast hätte ich es vergessen«, hörte ich meine Mutter sagen, die mit einer Schüssel Hundefutter in der Hand zu mir nach draußen trat. »Er steht seit Tagen vor unserer Tür. Keine Ahnung, worauf er wartet. Papa will ihn nicht im Haus haben, aber er geht nicht weg, also muss ich ihn ja füttern, oder?« Sie zuckte entschuldigend mit den Achseln und stellte die Schüssel ab.

»Ach, und noch was.«

Ich sah sie an.

»Sandy war bei dir«, sagte sie und strich mir liebevoll durch die Haare. Mir wurde wieder kalt.

»So ein liebes Mädchen. Schon drei Tage her. Wollte sehen, wie es dir geht!«

16. Kapitel

Stotter-Peter tauchte vorerst nicht wieder auf. Nicht, dass ich ihn gesucht hätte, keiner von uns hatte Lust, zum Baumhaus zu gehen und nach ihm zu sehen. Aber ich dachte, er würde früher oder später bei uns aufkreuzen, um seinen Hund zu holen. Anfangs durfte Gismo nicht ins Haus, da Mama Angst vor Zecken und Läusen hatte, doch das gutmütige Tier mit dem traurigen Blick schaffte es schnell, ihr Herz zu erweichen; und als es in der dritten Nacht regnete und er, ohne zu winseln oder zu kratzen, seinem Schicksal still ergeben einfach auf der Veranda liegen blieb, obwohl der Wind den Regen direkt auf seinen Schlafplatz peitschte, hatte auch sie ein Einsehen und ließ ihn erst im Flur, später auch bei mir im Zimmer schlafen.

Von jenem Moment an wich er mir nicht mehr von der Seite, wobei man zugeben muss, dass mein Aktionsradius in diesen Tagen stark eingeschränkt war. Um einer Begegnung mit Sandy und ihrem Schlägerfreund aus dem Weg zu gehen, hielt ich mich fast ausschließlich im Garten auf. Auch Mark hatte keine große Lust, zum Strand oder in den Ort zu gehen, und spielte lieber mit dem Streuner, der sich auch schnell mit meinem Bruder anfreundete. Nur, wenn es sich gar nicht vermeiden ließ, wie in der Mitte der zweiten Ferienwoche, als Papa uns einkaufen schickte, traten wir den Weg gemeinsam an, und irgendwie beruhigte es mich, neben meinem Bruder auch einen Hund in meiner Nähe zu wissen, wobei er mir alles andere als unsterblich schien, wenn Gismo hechelnd mit heraushängender Zunge müde hinter uns hertrottete und wir alle dreißig Meter eine Pause einlegen mussten, weil das Vieh sich schlapp auf den Boden legte.

Dabei war das eine verständliche Verhaltensweise, selbst für einen jüngeren Hund. Es wurde immer heißer und trockener, und auch wir fühlten uns nach wenigen Schritten durch die Mittagshitze wie nach einem halbstündigen Saunagang.

Am schlimmsten war es am Anfang der dritten Ferienwoche, an Papas erstem Arbeitstag.

Nach Verzögerungen hatten die Arbeiten für eine Ferienhaussiedlung auf einer Halbinsel am Ostufer des Storkower Sees endlich die Planungsphase verlassen. Von den insgesamt zwanzig Luxusimmobilien (alle mit eigenem Seezugang, Saunasuite und Doppelgarage) stand bislang nur das Musterhaus: eine 300-Quadratmeter-Strandvilla mit weißer Holzfassade auf einem gewaltigen Rasengrundstück, das sich sanft zur Schilfgrenze des Sees hinabwölbte.

Obwohl gerade erst errichtet, zeigten sich schon erste Mängel an dem Objekt, das in den Hochglanzprospekten des Bauträgers mit fast einer Million Mark ausgepreist war.

Die Terrasse, von der aus man die Sonnenuntergänge über Storkow bewundern konnte, war mit dem falschen Holzfundament gearbeitet. Die Streben, die das baldachinartige Dach hielten, mussten einen neuen Stahlfuß erhalten, wenn man nicht wollte, dass sie schon nach dem ersten nassen Winter durchgefault waren. Für zwei Mann wäre es kein Problem gewesen, das Vordach abzustützen, die

Streben zurechtzuschneiden und den Austausch vorzunehmen. Doch Papa war alleine. Genauer gesagt zu anderthalb, denn ich hatte ihn begleitet; nicht, um ihm zu helfen (ich hatte schon sehr früh herausgefunden, dass mir das handwerkliche Talent meines Vaters gänzlich abging), sondern weil mir zu Hause mittlerweile die Decke auf den Kopf fiel und ich dachte, dass mir hier, auf der abgesperrten Baustelle, wohl kaum jemand aus der Clique begegnen würde. Weit gefehlt.

Seitdem das Verkaufsbüro der Anlage eine Anzeige im *Tagesspiegel* aufgegeben hatte, klingelten die Interessenten Sturm. Nicht nur Berliner, sondern wohlhabende Menschen aus ganz Deutschland meldeten sich und wollten »Das Storchennest« besuchen. Die – laut Marketingabteilung des Bauherren – einzigartige private Luxuscommunity mit direktem Seezugang in Brandenburg. Und so standen für morgen bereits die ersten Besichtigungstermine fest, und das Musterhaus musste schleunigst in einen vorzeigbaren Zustand versetzt werden. Außen wie innen, was bedeutete, dass nicht nur mein Vater, sondern auch die Putzfrau unter Hochdruck schuftete, damit das Wohnzimmer mit dem Fernseher über dem Gaskamin, die offene Bulthaup-Küche und natürlich die vier Schlafgemächer, jeweils mit integrierten Badezimmern, so hübsch hergerichtet waren wie eine Suite im Kempinski.

Die damit beauftragte Reinigungsfachkraft hieß Michaela Sturm und sah so aus, als würde sie einem Herzkasper zum Opfer fallen, müsste sie auch nur noch zehn Minuten länger mit dem Staubsauger durch das Haus wirbeln. Mit hochrotem Kopf, als hätte sie zu lange die Luft angehalten, gab sie mir bei meiner Ankunft weder die Hand, noch sagte sie »Hallo«. Stattdessen blaffte sie mich an, gefälligst meine

Schuhe auszuziehen, wenn ich hier schon »hereinscheißern« müsste.

»Freut mich auch, Sie kennenzulernen«, murmelte ich und schlüpfte aus meinen ausgelatschten Tennisschuhen. Ich wollte nur rasch für meinen Vater etwas zu trinken aus der Küche holen und fragte mich, an wen das Gesicht der Putzfrau mich erinnerte. Wenig später hörte ich die Spülung im Gästeklo, und die Antwort auf meine Frage erschien im Wohnzimmer.

Sandy?

Vor Schreck hätte ich um ein Haar das Wasserglas fallen lassen.

Natürlich. Der kleine Höcker auf der Nase ihrer Mutter hätte es mir verraten können.

»Hab ich dir nicht gesagt, du sollst es dir verkneifen?« Frau Sturm drohte ihrer Tochter mit dem Ende des Staubsaugerkabels. »Die Toilette hatte ich gerade fertig, jetzt darf ich noch mal ran, du dummes Huhn.«

Während sie sich zu mir umdrehte, zeigte Sandy ihr hinter dem Rücken den Mittelfinger.

»Und du, was glotzt du so wie bestellt und nicht abgeholt? Willst du mir auch noch etwas Dreck machen wie meine nichtsnutzige Brut?«

»Nein«, sagte ich und sah Sandy direkt in die Augen.

»Hey«, sagte sie und lächelte, als ob nichts gewesen wäre.

»Hey«, sagte ich und fühlte mich wie ein Trottel.

Sie stand barfuß auf einem cremefarbenen Teppich, in dem ihre Zehen versanken, während ich nur die Fasern platt trat.

Mit der Situation überfordert wusste ich nicht, wie ich mich verhalten sollte. In Gedanken war ich zigfach den

Moment durchgegangen, wenn ich sie zum ersten Mal wieder auf der Straße treffen sollte, in Begleitung von Juri und den anderen. Für diesen Fall hatte ich mir einige Sprüche und Gemeinheiten zurechtgelegt, die ich ihr jedoch hier, in diesem unglaublich gemütlichen Haus, mit ihrer Mutter vor der Nase, unmöglich an den Kopf werfen konnte.

»Komm, lass uns rausgehen«, schlug Sandy vor. Ein Vorschlag, der von ihrer Mutter lautstark unterstützt wurde.

»Ja, haut bloß ab, ihr Parasiten.«

War sie mir gegenüber schon höchst unfreundlich gewesen, veränderte sich der Ausdruck in ihrem Blick noch einmal, als sie ihre Augen auf ihre Tochter richtete. Noch nie zuvor hatte ich es erlebt, dass ein Elternteil sein eigenes Kind so hasserfüllt ansah. So offen feindselig.

»Und kommt am besten niemals wieder!«, zischte sie und drehte uns den Rücken zu, während das Geräusch des wieder erwachenden Staubsaugers uns nach draußen begleitete.

17. Kapitel

Mein Vater musste kurz vorne im Planungsbüro sein oder er hatte Werkzeug im Auto vergessen, jedenfalls war er im Moment nicht da, weswegen ich das Glas auf die Stufen der Veranda stellte, um mich auf die Suche nach ihm zu machen. Zuvor musste ich aber meine Schuhe holen, die ich in der Aufregung glatt im Haus vergessen hatte.

Ohne große Lust auf einen zweiten Ausflug in die Drachenhöhle drehte ich mich um und prallte beinahe mit Sandy zusammen.

»Hoppla, wo willst du denn hin?«, fragte sie.

»Geht dich nichts an.«

Ich wollte sie zur Seite schieben, aber zu meiner eigenen Verwunderung stellte ich fest, dass die Vorstellung, sie zu berühren, mich ekelte.

»Du bist sauer!«, stellte sie fest.

»Nein, ich denke gerne an unsere gemeinsame Zeit zurück.«

Nicht der beste Spruch, aber immer noch besser als *»Verpiss dich«*, und gar nicht mal so schlecht, gemessen daran, dass ich nicht eine Sekunde über ihn nachgedacht hatte.

»Es ist nicht so, wie du denkst.«

Sie sah an mir vorbei zum See. Ich tippte mir an die Stirn.

»Nee, ist klar. Das war alles ein großes Missverständnis.«

Als du mich ausgelacht hast, während dein Stecher mich als Sandsack benutzte.

»Juri, er ...« Ihre Nasenflügel zitterten. Sie blinzelte eine Träne weg, die sich in ihrem Augenwinkel wie ein Tautropfen verfangen hatte.

Wow. Sie war nicht nur das hübscheste Mädchen, dem ich jemals nahegekommen war. Sie war auch eine phantastische Schauspielerin.

»Schwörst du mir, es ihm nicht zu sagen?«, fragte sie und sah mich an.

»Was zu sagen?« Die Sonne stand direkt über uns, und ich begann zu schwitzen.

»Dass wir über ihn reden. Wenn er erfährt, wie ich ihn bei dir anschwärze, schlägt er mich so schlimm, dagegen ist das, was du mit ihm erlebt hast, richtig kuschelig.«

Ich hatte zwar weder »Ja« gesagt noch genickt, doch trotzdem verriet sie mir, womit Juri sie angeblich im Griff hatte.

»Der Schweinepriester hat mich dazu gezwungen.«

Ich zeigte ihr erneut einen Vogel. »Dich gezwungen?«

»Ja.«

»Mir Sauereien ins Ohr zu flüstern und mich auszuziehen, damit er mich dann verprügeln kann?«

Während ich redete, sah ich mich verstohlen nach meinem Vater um. Ich hatte keine Lust, dass er das Eingeständnis meiner Schande aus meinem eigenen Mund hörte, doch wir standen immer noch alleine hinter dem Haus.

Sie lächelte schief.

»Kann verstehen, wenn du es mir nicht glaubst.«

»Dann solltest du Psychologin werden. Dein Einfühlungsvermögen ist echt der Wahnsinn.«

Hmm, auch etwas gestelzt, aber ganz sicher nicht der letzte Platz im Wettbewerb für Schlagfertigkeit.

Ihr Blick verfinsterte sich. »Du weißt nicht, wie er ist.«

»Oh doch, ich glaube schon.«

»Nein.«

Sie drehte sich ab und betrat den Rasen.

»Komm mit!«, sagte sie, ohne sich zu mir umzuschauen.

»Wohin?«

»Zum Wasser. Wo wir ungestört sind.«

Ihr Blick wanderte nach oben in die erste Etage des Ferienhauses, wo, wie ich jetzt erst sah, das Fenster offen stand und Sandys Mutter betont teilnahmslos den äußeren Rahmen abwischte.

18. Kapitel

Am See roch es nach Lösungsmittel und Vogelkacke, und beides kam von dem Steg, auf dem sich bereits die ersten Enten sonnten, die wir verscheuchten, als wir über das Absperrgitter kletterten.

Die frisch gestrichenen Planken waren eigentlich viel zu heiß, um auf ihnen zu laufen, aber da Sandy keine Miene verzog, wollte ich nicht als Memme dastehen und lief kommentarlos neben ihr her, immer bemüht auf den Schattenstreifen zu treten, den der Lauf des Holzgeländers auf den Boden warf.

An seinem Ende angekommen setzten wir uns nebeneinander auf den Steg und ließen die Füße im Wasser baumeln. Eine Zeit lang sagte ich gar nichts und genoss einfach den Gegensatz: die Hitze von oben und die Abkühlung von unten. Es war, als ob mein Oberkörper noch in der Sauna und meine Beine schon im Eisbad waren. Zu lange, das wusste ich, durfte ich hier nicht so sitzen, sonst würde ich einen Sonnenbrand, vielleicht sogar einen Sonnenstich bekommen.

»Also, was wolltest du mir sagen?«, fragte ich Sandy ohne große Erwartungen.

»Juri hat Aufnahmen.«

»Aufnahmen?«

Sie drehte sich zu mir. »Machst du das oft?«

»Was?«

»Das letzte Wort zu wiederholen, das ich gesagt habe?«

Ich überlegte kurz und zuckte mit den Achseln. »Wenn du in Rätseln sprichst. Was für Aufnahmen meinst du?«

»Von meiner ersten Schulaufführung, als ich beim Ballett gestolpert bin«, spöttelte sie mit verdrehten Augen, hob den rechten Fuß und ließ ihn wieder zurück ins Wasser plumpsen. Spritzwasser traf mich an der Nase.

»Dummkopf, mit was für Aufnahmen kann ein Junge ein Mädchen wohl unter Druck setzen?«

»Ach so!« Mein Blick wanderte zu ihren Brüsten, und sie lächelte breit.

»Ganz genau. Er hat mich in der Hand. Wenn ich nicht alles tue, was er sagt, zeigt er die Polaroids meiner Mutter. Und du hast sie eben erlebt. So ist sie zu mir, wenn ich nur mein Zimmer nicht aufgeräumt habe. Wenn sie erfährt, was ihre Kleine so alles auf den Rücksitzen getrieben hat, steckt sie mich ins Heim.«

Ich schüttelte den Kopf. »So einfach geht das nicht.«

»Dann halt in ein Internat, was weiß ich.«

»Hat denn dein Vater da kein Wörtchen mitzureden?«

Am Ufer gegenüber stach ein weißes Segelboot in See und gesellte sich zu dem halben anderen Dutzend, die den schönen Tag für einen Bootsausflug nutzten. Zum Glück war kein motorisiertes darunter, kein Jet- oder Wasserski, weswegen es himmlisch ruhig war.

»Der hat meiner Mutter schon vor Jahren gesagt, was er von ihren Erziehungsmethoden hält.«

»Er hat euch verlassen?«

Sie lachte. »Ja, nennen wir es *verlassen*.«

Ich wollte sie fragen, was sie damit meinte, als ich den VW-Bus vorfahren hörte. Ich drehte mich zum Haus zurück und sah, wie mein Vater mit einem nagelneuen Werkzeugkoffer ausstieg und mir zuwinkte.

»Wollen wir wetten?«, hörte ich Sandy fragen.

»Wetten?«

»Ha!« Sie stupste mir den Zeigefinger in die Rippen »Da, du wiederholst mich schon wieder. Übst du etwa schon fürs Standesamt?« Sie kicherte über ihren eigenen Scherz und fragte mich erneut, ob ich Lust auf eine Wette hätte.

Ich zeigte ihr zum dritten Mal einen Vogel. Schien meine Standard-Handbewegung in ihrer Nähe zu werden.

»Ja klar. Für wie bescheuert hältst du mich?«

»Nein, ich schwöre. Diesmal passiert dir nichts. Du musst auch gar nichts machen. Nur zählen.«

»Zählen?«

»Ja.«

Sie nahm die Füße aus dem Wasser und stand auf. Feine Tropfen liefen an ihren rasierten Beinen nach unten.

»Ich wette, dass ich zweihundert Sekunden unter Wasser bleiben kann.«

»Zweihundert?«

Das waren über drei Minuten. *So ein Schwachsinn.*

»Dafür ist deine Lunge viel zu klein«, sagte ich und erhob mich ebenfalls.

»Dann hältst du also dagegen?«

»Nein.«

»Komm schon. Wenn ich es nicht schaffe, blas ich dir einen.«

Damit hatte sie den Bogen endgültig überspannt.

Ich wandte mich zum Gehen, da hielt sie mich lachend am Arm fest.

»War nur ein Scherz. Hey, nur ein Scherz.« Sie streichelte mir über den Ellenbogen. Die Berührung war zart und elektrisierend zugleich. Ich spürte, wie meine Härchen sich aufstellten.

»Diesmal gibt es keinen Einsatz, okay?« Sie leckte sich über ihre weißen Zähne und gurrte wieder ihr Taubenlachen.

»Ich will nur, dass du meinen neuen Rekord festhältst. Als Beweis, verstehst du.«

»Du machst das öfter?«, fragte ich.

»Ja, ich tauche gerne. Meine letzte Bestmarke sind hundertachtzig Sekunden. Und die werde ich jetzt toppen.«

Mit diesen Worten sprang sie in den See.

19. Kapitel

Krack.

Ich zählte nicht bis zweihundert. Nicht einmal bis hundert.

Ich zählte überhaupt nicht.

Stattdessen stand ich die ersten Sekunden wie gelähmt auf dem Steg, starrte in die von der Sonne verspiegelte Silberoberfläche des Sees und hörte den Nachhall von Sandys Sprung in meinen Ohren. Ihr Taubenlachen, kurz bevor sie, den Kopf voran, die Wasseroberfläche durchschnitt, gefolgt von etwas, was mich bis heute noch in meinen Träumen verfolgt. Ein Knacken, als ob mehrere Äste unter Wasser in zwei Teile geknickt würden, untermalt von einem Schrei. Dumpf und erstickt, wie bei einem Opfer, dem man den Mund zuhält.

Das Nächste, was ich fühlte, war Wasser. Nein, Kälte. Sie umgab mich vollkommen, was daran lag, dass ich ihr hinterhergesprungen war, allerdings mit den Füßen voran. Sie schlugen gegen etwas Hartes, einen Felsen vielleicht, oder Müll.

Ich strampelte mich nach oben und stieß mit dem Kopf gegen Sandys Bauch. Reglos trieb sie bäuchlings auf dem Wasser.

Ich griff nach ihren Haaren, um ihren Kopf nach oben zu ziehen, damit sie wieder Luft bekam, ließ aber sehr schnell wieder los, als ich das Gefühl hatte, ihr mit den Haaren auch die Haut vom Schädel zu ziehen. Irgendetwas an ihrem Hinterkopf fühlte sich falsch an. Weich. Zertrümmert.

Krack.

Also nahm ich sie an den Schultern, drehte sie einmal um die eigene Achse, danach schlang ich meine Arme um ihren Oberkörper und zog sie hinter mir her, während ich selbst in Rückenlage auf das Ufer zusteuerte. Dabei hatte ich das Gefühl, dieser Aufgabe nicht gewachsen zu sein, so schwer war Sandy mit einem Mal.

Ich war schon nach der Hälfte der Strecke erschöpft. Als ich sie endlich im Schilfgürtel ablegen konnte, sah ich nur noch Sterne und glaubte in wenigen Sekunden hyperventilierend das Bewusstsein zu verlieren.

Eine Weile war ich auch weggetreten, zumindest wurde mir kurzfristig schwarz vor Augen, dann berührte ich aus Versehen Sandys Hinterkopf und hatte das Gefühl, in eine mit Haaren überzogene Götterspeise zu drücken.

Mir wurde übel.

Ich weiß nicht, wann ich damit begonnen hatte, zu schreien, aber es musste schon eine Weile andauern, vielleicht hatte ich bereits um Hilfe gebrüllt, bevor ich in den See gesprungen war. Jedenfalls spürte ich irgendwann, wie ich zur Seite gezogen wurde und jemand »112« brüllte.

Mein Vater.

Er zog Sandy noch etwas näher zum Ufer aufs Trockene.

»112«, brüllte er erneut, und ich folgte seinem Blick, zwei Meter weiter zum Ufer, wo Sandys Mutter angelaufen kam, allerdings mit merkwürdig gemächlichem Schritttempo. Ich dachte noch: *Bestimmt hat sie Angst, ihre Toch-*

ter so zu sehen, so langsam wie sie sich uns näherte, aber sicher war ich mir schon in jenen Sekunden nicht, als Meister Tod bereits die Strichliste ausgepackt hatte.

»Rufen Sie die Feuerwehr. Sofort!«

Weiter verschwendete mein Vater keine Zeit. Er warf mir einen kurzen Blick zu, fragte aber nicht nach.

Kein »Was ist los?« oder »Was habt ihr angestellt?«.

Wie es seine Art war, hielt er sich nicht mit Worten auf, wenn Taten gefragt waren. Er kniete sich vor Sandy, fühlte kurz ihren Puls, dann begann er abwechselnd mit Mund-zu-Mund-Beatmung und Herzmassage.

Ich stand neben ihm und fröstelte.

Nicht allein vor Angst, zum ersten Mal in meinem Leben einen Menschen sterben zu sehen. Direkt vor meinen Augen, noch dazu jemanden, den ich kannte. Sondern auch, weil sich Sandys Mutter trotz der Aufforderung meines Vaters nicht vom Fleck bewegt hatte! Dabei wirkte sie nicht schockiert, was eine Erklärung dafür gewesen wäre, weshalb sie nicht zum Telefon rannte. Ganz im Gegenteil.

Jetzt, da sie nur noch wenige Schritte von mir entfernt stand, hatte ich den Eindruck, dass sie glücklich war. Sie lächelte, viel freundlicher als vorhin bei unserer Begrüßung, daran gab es keinen Zweifel. Nicht bis über beide Ohren, eher verhalten, wie eine Mona Lisa.

Mein Vater, der sich abmühte, Sandy dem Tod zu entreißen, bekam davon nichts mit.

Er presste seine Lippen auf die des Mädchens, seine Hände auf ihre Brust, beatmete und massierte sie und schüttelte zwischendurch immer verzweifelter mit dem Kopf, doch auch nach fünf Minuten, den längsten meines Lebens, ließ er nicht von ihr ab. Wollte sie nicht verloren geben.

Und dann, als ich wieder zu Frau Sturm sah und das Gefühl hatte, dass ihr Grinsen noch einmal breiter geworden war, geschah das Unmögliche.

Sie wurden durchsichtig.

Beide.

Mein Vater *und* Sandy.

Ich weiß, es klingt wie die Drogenbeichte eines Crackjunkies, aber es ist wahr, ich schwöre es:

Ihre Köpfe waren auf einmal wie aus Glas. Ich konnte durch die Haut hindurch ihre Knochen sehen, die zwar milchig getrübt, aber dennoch lichtdurchlässig waren. Durchsichtiges Blut rauschte durch ihre Adern, Venen und Kapillaren. Jede einzelne Muskelfaser war zu sehen, wie bei einem Anatomieexponat, nur dass die beiden Menschen vor mir keine Ausstellungsstücke in der Pathologie waren, sondern lebendige Kreaturen.

Ich rieb mir die Augen, sicher, dass es sich hier nur um ein angsterzeugtes Trugbild handeln konnte, so wie das von dem abgebrochenen Korkenzieher in Sandys Auge, doch es half nichts. Mein Vater und das Mädchen blieben gläsern, und deshalb konnte ich auch die Spinnen sehen.

Spinnen!

Bis heute habe ich keinen besseren Begriff gefunden für den Schwarm, der sich aus dem tiefsten Inneren von Sandy löste. Eine Vielzahl kleiner, kribbeliger Lebewesen, die ich auf den ersten Blick für eine einheitliche Masse hielt, bis ich erkannte, dass der Strom sich nicht nur nach vorne, sondern dabei auch durcheinanderbewegte. Zehntausende vielbeinige Spinnentiere, die erst die Luftröhre, dann den Rachenraum und schließlich ihren Mund füllten, bevor sie übergingen. Von Sandy zu meinem Vater. Eigentlich hätte er sie nicht einatmen dürfen, war er doch damit beschäftigt, seine Atemluft in ihre Lungen zu drücken, und dennoch sah es so aus, als ob sich in seinem Brustkorb ein Staubsauger eingeschaltet hätte, der den Spinnenschwarm regelrecht einsog.

Ich schrie vor Grauen. Wusste nicht, was ich gesehen hatte, nur, dass es etwas Schlimmes *(etwas Unumkehrbares!)* sein musste, und fühlte, wie sich meine Augen mit Tränen füllten, doch als ich sie weggewischt hatte, war es auch schon vorbei.

Sie waren nicht mehr durchsichtig, ich konnte nicht mehr in den Körper meines Vaters hineinsehen, in dem sich jetzt etwas befand, das in Sandy gelebt hatte.

Irgendetwas!

Papa und das Mädchen waren wieder aus Fleisch und Blut, und während ich mir noch die Augen rieb und mich fragte, ob ich hier am Ufer des Storkower Sees den Verstand verloren hatte und vor Aufregung halluzinierte, begann Sandy zu röcheln. Erst leise, dann lauter, bis sie sich schließlich mit einem bellenden Husten ins Leben zurückkatapultierte und mein Vater erschöpft von ihr ablassen konnte.

»Du hast es geschafft«, wollte ich rufen. Mich auf ihn stürzen, ihn umarmen und beglückwünschen, doch ich konnte es nicht. Wie gelähmt stand ich neben ihm und rührte mich nicht, denn auf einmal hatte ein völlig neues Gefühl meine Angst verdrängt. Ein Gefühl, das ich in Bezug auf meinen Vater noch nie zuvor gespürt hatte: Ekel. Ohne genau zu wissen, was es war, ekelte ich mich vor dem, was jetzt in ihm *wohnte.*

Dabei war mir natürlich klar, dass mir die Aufregung und meine Phantasie einen Streich gespielt hatten, aber ich konnte dennoch nicht aus meiner Haut.

Ich blieb wie angewurzelt stehen, konnte Papa noch nicht einmal ins Gesicht blicken und sah an ihm vorbei zu Sandy, die sich langsam aufrichtete und deren Hinterkopf ihr keine Probleme mehr zu bereiten schien, ja sogar völlig normal wirkte.

Dabei war ich nicht der Einzige, der in Paralyse verfallen war.

Auch Sandys Mutter hatte sich keinen Millimeter vom Fleck gerührt. Das, was sich an ihr verändert hatte, waren ihre Augen und der Blick darin.

Er war wieder so hasserfüllt wie zuvor im Haus. Nur galt er jetzt weder mir noch Sandy, sondern einzig und allein dem Mann, der ihrer Tochter das Leben gerettet hatte.

20. Kapitel

»Er ist ein Held.« Ich lachte etwas zu laut und gekünstelt, irgendwie dachte ich wohl, ich müsste die fehlenden Emotionen meines Vaters durch übertrieben zur Schau gestellte Fröhlichkeit ausgleichen. Außerdem versuchte ich meine eigenen, düsteren Gedanken wegzulächeln, was mir mehr schlecht als recht gelang. Ich konnte noch so aufgesetzt grinsen, das Bild von den Spinnen, die in den Hals meines Vaters krochen, wurde ich nicht los.

»Die Rettungsleute haben gesagt, Sandy hat wahnsinniges Glück gehabt.«

Wir waren zurück in unserem Haus in der Küche, Papa hatte auf einem Barhocker Platz genommen und hielt sich erschöpft an einem Glas Wasser fest, das Mama ihm gereicht hatte.

Ich schilderte wild gestikulierend den heldenhaften Einsatz meines Vaters, den ich bislang nur einmal im Leben so erschöpft gesehen hatte: vor zwei Jahren, als ihm sein wichtigster Mitarbeiter abgesprungen war und er eine riesige Doppelglasfensterscheibe ganz alleine in einen Wintergarten hatte einbauen müssen, obwohl er selbst an einer Magen-Darm-Grippe litt.

Selbst damals jedoch war seine Haut nicht so seltsam wächsern und bleich gewesen wie heute.

»Ohne Papa wäre das Mädchen jetzt tot«, stellte ich fest.

Vor meinem geistigen Auge blitzte Sandys Mutter auf. Ihr Blick hatte sich noch mehr verfinstert, als die Rettungskräfte ihr sagten, dass ihre Tochter keine bleibenden Schäden zurückbehalten würde.

»Ist das wahr?«

Mama wischte sich ihre Hände erst an der Schürze ab, dann fuhr sie meinem Vater durchs Haar. Bei der Berührung zuckte er zusammen, als wäre er geschlagen worden. Rasch zog sie die Hand zurück.

Etwas irritiert sagte sie: »Nach dem Schreck braucht ihr erst einmal was im Magen.« Sie wollte sich zum Herd drehen ...

»Nein.«

... hielt aber mitten in der Bewegung inne.

»Nein?«, fragte sie.

»Nein«, wiederholte mein Vater, den Blick starr auf den Boden gesenkt, die Stimme tief und rau wie ein ausgetrockneter Brunnen.

»Aber der Eintopf ist schon fertig«, setzte Mama an, bemüht lächelnd, sprach dann aber nicht weiter, als Papa vom Hocker stieg und ihr tief in die Augen sah. Obwohl ich direkt neben ihm stand, nicht einmal vom Windschatten seines Blickes erfasst, begann ich zu frösteln. Auch auf Mamas Unterarm breitete sich eine Gänsehaut aus.

»Keinen Hunger«, sagte er und verließ die Küche, wobei er in der Tür beinahe mit Mark zusammengeprallt wäre, den er, ohne zu grüßen, beiseiteschob.

In jener Nacht hörten wir die Schreie zum ersten Mal.

21. Kapitel

Nie zuvor waren wir von derartig grauenhaften Geräuschen geweckt worden.

Aber in Berlin hatte Papa so etwas auch nie getan.

Mark und ich mussten zur selben Zeit aufgewacht sein. Wir öffneten gleichzeitig die Türen unserer Zimmer und trafen uns im Flur.

Zufällig, unabgesprochen. Aber mit dem gleichen Ziel.

Keiner von uns wollte nachsehen gehen. Aber keiner von uns konnte diese Laute einfach ignorieren. Kein gesunder Mensch hätte das gekonnt.

Die Treppe zum Dachgeschoss war sehr schmal, wir mussten hintereinandergehen. Bis heute frage ich mich, weshalb ich, der Jüngere, den Vortritt hatte.

Wäre es nicht die Aufgabe des größeren Bruders gewesen, sich diesen Bildern zuerst zu stellen?

Die Hand am Hals! Die pochenden Adern an der Schläfe! Die hervorquellenden Augen!

Es war das Röcheln gewesen, das uns geweckt hatte.

Doch es war der Blick unseres Vaters, der uns die nächsten Tage nicht wieder einschlafen ließ. Dieser Ausdruck vollkommener Glückseligkeit in seinen Augen, als er uns durch den Spalt der angelehnten Schlafzimmertür an der Treppe stehen sah. Sein ehrliches, offenes Lächeln, das auch seine

Augen umfasste; so sehr machte es ihm Spaß, nackt auf unserer Mutter zu liegen.

Und ihr die Kehle abzudrücken.

22. Kapitel

Michaela Sturm besuchte uns fünf Tage später, als der Bluterguss an Mamas Hals gerade in seine grün-violette Phase überging. Sandys Mutter trug ein baumwollenes, einfaches Kleid, weiße Schnürschuhe und rote Söckchen mit Spitzenrand.

Wieder sah sie aus, als würde ihr vor Anstrengung der Kopf platzen, obwohl wir heute mit vierundzwanzig Grad und einem frischen Wind deutlich angenehmere Wetterbedingungen hatten als an jenem Unfalltag am Storkower See. Ihre Haare waren sittsam zu einem Dutt zusammengebunden, aber die Äußerlichkeiten waren nicht das Wesentliche, was sich an ihr verändert hatte.

Es dauerte eine Weile, bis mir klar wurde, was es war, dann sah ich es: Sie lächelte. Und dieses Lächeln glättete ihre Falten, feilte die Ecken und Kanten ab, die sich in ihr Gesicht gefressen und ihr über die Jahre eine Härte verliehen hatten, die jetzt nicht verschwunden, aber deutlich abgemildert war. Mit einiger Phantasie konnte man sich sogar vorstellen, wie sie lachte und dabei vergnügt in die Hände klatschte, wie sie es als kleines Kind sicher häufig getan hatte.

Im Moment schien sie ehrlich erfreut, uns zu sehen. Mich und meinen Vater, der sich an mir vorbei auf die Veranda geschoben hatte und Frau Sturm mürrisch musterte.

»Ja?«

»Ich, also ...« Sie suchte nach den richtigen Worten und fand dann nur die einfachen: »Ich wollte mich bei Ihnen bedanken.«

Keine Reaktion. Mein Vater nickte noch nicht einmal zustimmend mit dem Kopf. Die Stille war mir peinlich, fast hätte ich selbst irgendetwas gesagt, nur um sie zu zerstören, doch dann fing Sandys Mutter an zu plappern:

»Sie haben sie gerettet, Herr Zambrowski, ich meine, das wissen Sie ja. Aber deswegen bin ich nicht hier, also nicht nur deswegen, sondern weil ich mich für etwas ganz anderes bedanken will. Etwas, von dem Sie vermutlich gar nicht wissen, dass Sie es getan haben, und das sich ziemlich phantastisch anhört, so phantastisch, dass ich es selber kaum glauben mag, obwohl ich es doch mit eigenen Augen sehe. Obwohl es mir tagtäglich begegnet.« Sie keuchte ein kurzes »Tut mir leid, ich bin so aufgeregt«-Lachen, dann fuhr sie fort: »Gerettet ist nämlich das falsche Wort. ›Zurückgegeben‹ trifft es besser. Sie haben mir meine Sandy zurückgegeben. Mein liebes, kleines Mädchen. So wie sie früher einmal war.«

»Früher«, entfuhr es mir, und mein Vater tadelte mich mit stummem Blick.

»Also ich, äh, ich ... ich weiß, das hört sich jetzt komisch an, und irgendwie darf eine Mutter das nicht sagen, nicht über ihr einziges Kind, aber mit den Jahren hat sich Sandra von mir entfremdet. Eigentlich begann es mit dem Tod ihres Vaters. Seit der Grundschule habe ich Ärger mit ihr. Mal zündelte sie, mal war sie gemein zu ihren Mitschülern, und dann wurde es richtig heftig. Ich will hier wirklich nicht schlecht über sie reden, aber sie hat böse Dinge getan. Gemeine Dinge.«

Sie sah mich an, und ich hatte das Gefühl, ihr Blick würde etwas länger auf meiner Stirn verweilen, dort, wo sich die Beule befunden hatte, die mir Juri verpasste.

»Ich war sogar mit ihr beim Kinderpsychologen, als es ganz schlimm wurde. Als ich sie erwischt habe, wie sie Giftköder ausgelegt hat, mit Rattengift verseuchte Fleischbällchen, um die Katze des Nachbarn zu töten. Einfach so. Ohne Grund.

Als ich ihr Hausarrest gab, hat sie versucht, die Wohnung in Brand zu setzen. An die Beschimpfungen hatte ich mich da schon gewöhnt. Sie sagte Wörter zu mir, die ich hier nicht wiederholen will. Täglich. Ständig. Und als mir einmal die Hand ausgerutscht ist, hat sie zurückgeschlagen. Aber nicht einfach so, aus Reflex. Sondern mitten in der Nacht, mit einem Tennisschläger. Sie hat sich angeschlichen, während ich schlief. Die Wunde musste genäht werden.«

Sandys Mutter griff sich an den Haaransatz über der linken Schläfe.

»Und seit dem Unfall ist alles anders.«

Sie lächelte sanft.

»Sie ist wie ausgewechselt. Fröhlich, höflich, fast charmant, könnte man meinen. Keine bösen Wörter mehr, auch nicht zu Paulchen, unserer Katze, die sie immer getreten hat, wenn sie dachte, ich sehe nicht hin. Jetzt krault sie ihm das Bäuchlein. Und sie schläft viel, aber sie schlägt mich nicht mehr, wenn ich sie wecke, so wie früher. Nein, sie lächelt. Und gestern hat sie sich sogar wieder zu mir ins Bett gekuschelt und hat gesagt, dass sie mich liebt.« Tränen füllten ihre Augen, aber sie wirkte alles andere als traurig.

»Ich weiß nicht, was passiert ist, ob der Nahtod, so sagt man doch, ob der ihr das Böse entrissen hat, oder ob Sie ihr nicht nur das Leben, sondern auch wieder ihre gute Seele eingehaucht haben, jedenfalls möchte ich mich dafür bei Ihnen bedanken. Dafür, dass Sie mir meine Sandy zurückgegeben haben.«

Sie sagte noch etwas in dem Sinne, dass sie nur eine arme Putzfrau wäre und meinem Vater ohnehin nie vergelten könne, was er getan habe, aber sie würde ihm anbieten, für den Rest ihres Lebens einmal im Monat kostenlos bei uns zu putzen, was Papa allerdings ablehnte.

»Nein«, sagte er. Kein »Vielen Dank, das ist lieb, aber nicht nötig« oder »Das, was ich getan habe, war doch selbstverständlich, freut mich für Sie«. Schlicht und einfach nur »Nein«.

Nicht mehr und nicht weniger.

»Besser, wir gehen rein, es soll ein Wärmegewitter geben«, sagte er zu mir, obwohl nichts davon am Himmel zu sehen war. Die einzige dunkle Wolke umgab ihn selbst.

Damit wandte er sich ab und ließ Sandys Mutter einfach auf unserer Terrasse stehen. Er drehte sich kurz nach mir um, und sein strenger Blick sagte mir, dass ich ihm folgen sollte.

»Auf Wiedersehen, Frau Sturm.«

»Auf Wiedersehen«, sagte sie zu mir, etwas verdutzt, einfach so stehen gelassen zu werden.

Beim Hineingehen sah ich, wie Papa kurz auf der Türschwelle innehielt und auf den Boden starrte. Die Spinne vor seinen Füßen sah exakt so aus wie die, die er uns am ersten Tag in meinem Zimmer gezeigt hatte.

»Einen schönen Tag noch«, verabschiedete er sich am Ende doch noch von Sandys Mutter, ohne sich allerdings zu ihr umzudrehen. Dabei hob er den Fuß und zerquetschte die Spinne am Boden wie den ausglühenden Stummel einer weggeworfenen Zigarette.

Am nächsten Tag brachen wir auf.

23. Kapitel

Wann immer ich an die Insel denke, sehe ich ein Schwarzweißbild vor meinem geistigen Auge. In meiner Erinnerung gibt es keine Farben, nur Grautöne und Dunkelheit, dabei bin ich mir sicher, dass die alten Laubbäume, die das schmale Ufer säumten, in dem Abendlicht golden geschimmert haben mussten, als wir uns dem unbewohnten Naturschutzgebiet mitten im Großen Storkower See mit dem Ruderboot näherten.

Mark hatte in Vaters Reiseführer nachgelesen und herausgefunden, dass es in Brandenburg ein gutes Dutzend unbewohnter Inseln gab, teilweise ohne Namen, auf denen seltene Vögel ihre Nistplätze hatten. Außer Mitarbeitern des Naturschutzamtes, dem Revierförster und hin und wieder einigen Biologiestudenten mit Ausnahmegenehmigung war das Betreten dieser Inseln strengstens verboten. Etwas, was Papa wenig zu kümmern schien.

Schweigend steuerte er die Ostseite an, mit durchgedrücktem Kreuz schlug er die Ruderblätter ins Wasser. Ein Rorschachtest-Schmetterling aus Schweiß verdunkelte das auf seinem Rücken klebende Holzfällerhemd. Nur ein Mal machte er eine kurze Pause, nicht, weil er erschöpft war, sondern um sich eine Zigarette anzustecken.

Dafür pulte er den Filter von der Marlboro ab und warf ihn in den See. Mark und ich sahen uns fragend an. Unser

Vater hatte mit dem Rauchen aufgehört, als wir geboren wurden. Das hatte Mama uns jedenfalls erzählt.

Mama.

Das ist das zweite Bild, das ich vor Augen habe, wenn ich an die Insel denke. Ihr sorgenvoller Blick, die zittrigen Finger, die mir durch das Haar streichen. Ihr warmer Atem an meinem Ohr, als sie mir zum Abschied zuflüstert, ich solle auf mich aufpassen, als wir am späten Nachmittag aufbrachen, nachdem Papa von seiner Arbeit bei den Ferienhäusern zurückgekehrt war.

Dieses Bild ist in Farbe, denn ich sehe ihre rotverweinten Augen deutlich vor mir, Zeugen einer langen, streitvollen Nacht, in der sie meinem Vater mehrfach gesagt hatte, dass sie den »Ausflug«, wie er es nannte, für keine gute Idee hielt.

»Ich darf doch wohl mal etwas mit meinen Jungs unternehmen?«, hatte er sie angebrüllt. »Was hast du denn dagegen?« Wir hatten seine Stimme so deutlich hören können, als wären die Wände zwischen uns und ihrem Schlafzimmer aus Seidenpapier.

»Nichts, Vitus, Liebling«, hatte Mama gesagt. »Aber ich merke, dass es dir seit dem Unfall am See nicht besonders gut geht. Die Kinder haben noch zwei Wochen Ferien, du kannst den Ausflug auch noch nach hinten verschieben. Nutz das Wochenende doch, um dich erst mal zu erholen.«

»Werd wieder der Alte«, war das, was sie eigentlich sagen wollte, dessen war ich mir sicher, als ich mit angehaltenem Atem in meinem Bett lag und mich fragte, weshalb ich ähnlich wie Mama fühlte. Weshalb ich mich nicht gefreut hatte, als Papa uns vorschlug, die kommenden Tage zu campen; allein, nur die »Männer«, so wie früher, als wir einmal zum Zelten zum Teufelsberg gefahren waren. Auch Mark hatte

sich nicht begeistert gezeigt, doch Papa hatte gar keine Zustimmung erwartet. Weder von seinen Söhnen noch von seiner Frau, die heute Morgen beim Frühstück wieder einen dünnen Schal getragen hatte.

Für ihn war es beschlossene Sache. Vier Tage auf einer unbewohnten Insel, nur wir drei. Die Vorräte hatte er bereits auf das Boot verfrachtet, das er sich von Raik ausgeborgt hatte. Nicht das Einzige, was er vorbereitet hatte, wie wir sehr schnell lernen sollten.

Denn Mamas zahmer Protest blieb wirkungslos, und im Nachhinein bin ich mir sicher, dass selbst Waffengewalt ihn nicht davon abgehalten hätte, seinen Plan zu verwirklichen, weshalb wir jetzt auf das unbewohnte Eiland zusteuerten.

Aus der Ferne hatte die Insel den Eindruck gemacht, als würden wir uns einem augenlosen Fabelwesen nähern, das lediglich mit dem Kopf aus dem Wasser ragte. Als wir jetzt nur noch hundert Meter entfernt waren und sich das blättrige Haargeäst des Kopfes lichtete, hatte ich das Gefühl, in den Mund dieses Wesens zu fahren.

Stumm den Rauch seiner nunmehr filterlosen Zigarette inhalierend, steuerte mein Vater auf einen kleinen Steg zu, der schon von weitem so morsch aussah, dass sein Betreten einer Mutprobe gleichkam.

Das Wasser unter unserem Boot war so klar wie ein Gebirgssee. Auf dem Grund konnte ich Sand, Muscheln und Kieselsteine erkennen. Winzige Fische schwammen Zickzack im Schwarm.

Nachdem wir das Boot vertäut hatten, luden wir unser Gepäck aus. Mark und ich hatten je einen schweren Rucksack, von dem wir nicht wussten, was er enthielt, da Papa ihn gepackt hatte. »Das ist Teil des Abenteuers«, hatte er lächelnd bemerkt.

Er wies uns an, gemeinsam eine schwere Aluminiumbox zu tragen, jeder einen Griff auf einer Seite in der Hand. Papa selbst trug nichts außer einem Gartenschlauch, den er sich wie einen Gürtel um die Hüfte geschwungen hatte. Wir fragten ihn nicht, wozu er ihn brauchte, denn wir kannten die Antwort: Auch das war Teil des Abenteuers, auf das wir von Anfang an keine Lust gehabt hatten.

Er mahnte uns zur Eile, und wir liefen ihm hinterher, stiegen über zum Teil lose Bretter des Stegs. An seinem Ende wartete ein kleiner Strand, dahinter ein versandeter Hügel, den wir bis zu einer Gabelung hinaufmarschierten. Von dort aus führte ein schmaler Rundweg hinter der Baumgrenze einmal um die Insel, wie Vater uns aufklärte. »Doch von dieser Gabelung dürft ihr euch nicht täuschen lassen«, sagte er. »Um unser Ziel zu erreichen, müsst ihr geradeaus weiterlaufen.«

»Geradeaus?«, fragte ich.

Auf den ersten Blick sah es nicht so aus, als ob da vor uns ein Weg zwischen den Nadelbäumen hindurchführte. Doch als Papa die dicht stehenden Tannenzweige auseinanderdrückte, konnten wir den dahinterliegenden Trampelpfad erkennen.

Er führte in einem steilen Winkel nach oben, und mit den Rucksäcken auf unseren Rücken und der Kiste in den Händen wurden wir immer kurzatmiger. Ich hatte das Gefühl, einen Berg zu besteigen, und weiß noch, wie Mark und ich nach Luft japsten, als wir endlich die Spitze des Hügels erreicht hatten und in eine Senke blickten.

Die Aussicht war friedlich, nahezu eine Postkartenidylle. Im »Tal«, wie wir es fortan nennen sollten, stand eine kleine, gemütlich wirkende Holzhütte, aus dunkelbraunen Planken gezimmert, solide und damit ganz anders als der baufällige Landungssteg. Sie hatte ein reetgedecktes Spitzdach mit einem kleinen Fenster im Erker und einem rußschwarzen Metallrohr, das als Schornstein durch die Decke stieß.

Um die Hütte herum spannte sich ein dichter Moos- und Gräsergürtel, nur unterbrochen durch den Trampelpfad, der sich auf die ebenfalls hölzerne Eingangstür zuschlängelte, die unser Vater beinahe schon erreicht hatte.

Als wir zu ihm aufgeschlossen hatten, befahl er uns, unser Gepäck vorerst draußen zu lassen. Er schnallte sich den Gartenschlauch ab, dann öffnete er die Tür.

»Herzlich willkommen an dem wichtigsten Ort eures jungen Lebens«, sagte er pathetisch.

Wir traten ein und wollten unseren Augen nicht trauen, denn das, was uns im Inneren der Hütte erwartete, war gleichzeitig so normal wie absurd, dass wir im ersten Moment nicht wussten, ob wir lachen oder Angst haben sollten.

Es dauerte nicht lange, bis Vater uns die Entscheidung abnahm.

24. Kapitel

»Na, was sagt ihr?«, fragte Papa mit unverkennbarem Stolz in der Stimme. Er hatte zwei Öllampen angezündet, die unsere Schatten in dem kleinen, nahezu quadratischen Raum tanzen ließen.

Auf seinem Gesicht lag ein ähnlicher Ausdruck wie an jenem Tag, als er uns in Wendisch Rietz zum ersten Mal unser neues Zuhause gezeigt und ein Lob für seine Arbeit erwartet hatte.

Leise summend ging er den Mittelgang hinab, den die drei hintereinander aufgereihten Tischreihen ihm ließen.

»Gefällt es euch?«

Gefallen?

Wie sollte uns *so etwas* gefallen?

Jegliche von außen erkennbare Gemütlichkeit war der Hütte im Inneren durch diese völlig absurde Einrichtung genommen worden.

Es sah aus wie in einem Klassenzimmer. Wie in einem *ärmlichen* Klassenzimmer, denn die ockerfarbenen Stühle mit den unzerstörbaren Metallkufen sowie die dazu passenden Pulte wirkten wie vom Flohmarkt zusammengekauft. Von Generationen von Schülern zerkratzt und abgewetzt und eigentlich längst ausrangiert, standen sie hier völlig fehl am Platz. In dem nach Brennholz duftenden Schuppen hätte ich eine Sitzecke vermutet, einen Kaminofen mit einem Tierfell auf dem Fußboden, meinetwegen daneben der achtlos weggeworfene Müll der Jugendlichen aus dem Dorf, die sich hier unter Garantie hin und wieder die lauen Sommernächte um die Ohren schlugen. Naturschutzgebiet hin, Naturschutzgebiet her. Es gab nicht viel, was man als Teenager in diesem Landkreis erleben konnte, und Frankfurt oder Berlin lagen für Menschen ohne Auto in einer anderen Galaxie. Anders als diese Insel, die jeder Idiot, der ein Ruderboot steuern konnte, in zwanzig Minuten von Storkow aus erreichte.

»Setzt euch«, befahl uns Papa und schritt zum Kopfende des Raumes; dorthin, wo er tatsächlich eine Tafel aufgestellt hatte, auf der mit weißer Kreide stand: »Non scholae sed vitae discimus.«

»Wo sind wir hier?« Mark flüsterte, aber nicht leise genug. Papa schnellte an der Tafel herum. »Wo wir sind?«, bellte er. Der Anflug eines düsteren Lächelns zeigte sich auf seinen Lippen. Er quetschte seine Finger so laut, dass es knackte.

»WO WIR HIER SIND?«

Er verdrehte die Augen und schlug mit beiden flachen Händen auf das Lehrerpult direkt vor ihm. Bei den nächsten Worten schien er sich wieder beruhigt zu haben, jedenfalls sprach er sie deutlich leiser. Nur das Flackern in seinem Blick war noch da, als würde hinter seinen Pupillen eine Kerze im Wind stehen.

»Wonach sieht es denn aus?«

»Nach einer Schule«, sagte Mark.

»Genau. Aber es ist nicht *eine* Schule. Schon gar nicht *irgendeine*, sondern DIE Schule. Die einzige, die wirklich zählt.«

Papa befahl uns ein zweites Mal, uns zu setzen, und diesmal gehorchten wir ihm. Wir ließen uns in der mittleren der Dreierreihe nieder, Mark rechts und ich links von meinem Vater, der sich wie unser alter Lateinlehrer Schmidt in die Mitte des Ganges gestellt hatte. Nur, dass er keine Vokabeln abfragte, sondern einen irren Monolog hielt.

»Dort, wo ihr bisher hingegangen seid, hat man euch verarscht«, sagte er. »Man hat euch Lesen, Schreiben und Rechnen beigebracht. Ihr könnt jetzt englische Texte verstehen, wisst, was das Säugetier vom Reptil unterscheidet und wieso der Mond nicht auf die Erde fällt, zumindest hoffe ich, dass ihr das wisst, weil ihr während des Unterrichts wenigstens ab und zu mal aufgehört habt, darüber nachzudenken, in welches Höschen ihr eure dreckigen Finger als Nächstes schieben könnt.«

Ich wurde rot. Noch nie hatte mein Vater so vulgär mit uns geredet. Am liebsten wäre ich vor Scham im Boden versunken. Ich sah zu Mark und spürte, dass es ihm ähnlich erging.

»Man sagt euch, ihr müsstet aus der Geschichte lernen, zeigt euch Atlanten, um die Welt zu verstehen, und das Periodensystem mit den Elementen, aus denen sich das Universum zusammensetzen soll, aber das Wichtigste, das lehrt man euch nicht. Wisst ihr, wovon ich rede?«

Wir schüttelten den Kopf.

»Nein. Ihr wisst nichts. Und damit zitiere ich nicht den Kinderficker Sokrates. Ihr wisst weniger als nichts, aber das ist nicht eure Schuld. Es ist die Schuld dieser unfähigen sogenannten Pädagogen, die euch das wichtigste Fach vorenthalten. Das einzige Fach, nein, sogar das ERSTE Fach, das auf diesem Planeten je unterrichtet wurde und ohne das unsere menschliche Spezies längst ausgestorben wäre. Na, wovon rede ich? Wer sagt es mir?«

Ich spürte eine Hitzewallung meinen Körper fluten, wie immer, wenn ich in der Schule Angst vor einer Klausur hatte, für die ich nicht gelernt hatte. Nur, dass ich diesmal das Gefühl hatte, noch nie zuvor im Leben so ungenügend auf eine Prüfung vorbereitet gewesen zu sein.

»Keiner?«

Ein schneller Seitenblick zu Mark zeigte mir, dass auch er den Kopf gesenkt hielt. Ich merkte, dass ich dringend auf die Toilette musste, traute mich aber nicht, etwas zu sagen.

»Na schön, dann will ich euch mal auf die Sprünge helfen«, hörte ich Papa murmeln, als würde er zu sich selbst sprechen. Ich hob den Kopf und sah, wie er an seinem Gürtel herumfummelte. Plötzlich blitzte es vor meinen Augen auf. Licht reflektierte auf dem Metall.

»Was machst du?«, fragte ich meinen Vater, starr vor Angst. Noch nie zuvor hatte ich einen derart entrückten Blick in seinen Augen gesehen. Und noch nie zuvor dieses lange, gezackte Messer in seiner Hand.

»Denkt nach, welches Fach meine ich wohl?«, fragte er und richtete seinen Blick jetzt auf Mark, der sich noch immer nicht traute, ihm in die Augen zu schauen, was vermutlich der Auslöser dafür war, dass er sich für ihn entschied.

Mit zwei schnellen Schritten war er bei ihm, riss seinen Kopf an den Haaren hoch und setzte ihm die Klinge an die Kehle.

»Papa!«, schrie ich und sprang vom Stuhl auf.

»Bleib, wo du bist!« Die Blicke meines Vaters durchbohrten mich, es war, als ob er mit seinen Augen zwei weitere Messer führte. Zu meinem Bruder, dem der Schweiß von der Stirn perlte, sagte er: »Denk nach, Kleiner. Worin werde ich euch unterrichten?«

Mark zitterte. Alle seine Muskeln schienen bis zum Bersten gespannt, als hätte er einen Ganzkörperkrampf.

Ich sah die Furcht in seinem Gesicht, sah, wie er feucht wurde zwischen den Beinen, und in dem Moment, in dem ich die Todesangst riechen konnte, wusste ich die Antwort, die mein Vater verlangte, so verrückt und schrecklich sie auch war.

»Töten«, sagte ich und erlöste damit meinen Bruder.

»Töten?« Vater drehte sich zu mir. Erst nach einer weiteren Sekunde nahm er die Klinge von Marks Hals und lächelte zufrieden.

»Sehr gut. Das gibt ein Sternchen ins Klassenbuch.«

Ohne auch nur einen Hauch von Ironie in seiner Stimme lobte er mich für meine Antwort und nickte mir anerkennend zu.

»Es stimmt. Ihr habt nie gelernt zu töten. Niemand hat es euch beigebracht. Aber keine Sorge, dieses Versäumnis werden wir jetzt nachholen.«

25. Kapitel

Was darauf folgte, war die Ruhe vor dem Sturm.

Vater hatte uns noch die »Grube« gezeigt, ein ausgetrockneter, schmaler Kanal, etwa zehn Meter hinter der Hütte, wo wir unser Geschäft verrichten und danach mit dem Laub bedecken sollten, das uns zuvor als Klopapier dienen musste. Danach hatten wir kein Wort mehr miteinander geredet. Mark und ich wagten es nicht, nach Abendessen zu fragen, obwohl uns die Mägen knurrten. Wir hatten stumm unsere Nachtlager aufgeschlagen, Vater wie ein Wachhund direkt vor der Eingangstür, wir auf dem niedrigen Spitzboden, auf den man mit einer hölzernen Ausziehleiter gelangte, für die man das Lehrerpult zur Seite schieben musste, wenn man sie aus der Decke lösen wollte.

Dabei hatten wir Kinder kein einziges Wort gewechselt, weil wir Angst hatten, das Offensichtliche auszusprechen, nämlich, dass unser Vater den Verstand verloren hatte. Und da jedes andere Thema neben dieser Tatsache verblasste, sahen wir auch keinen Sinn darin, über irgendetwas anderes zu reden, allerdings waren Worte an jenem Abend für die Kommunikation auch nicht notwendig gewesen. Während wir unsere Schlafsäcke ausrollten, hatten wir im Licht einer der Öllampen, die wir mit nach oben genommen und an einem Stützbalken aufgehängt hatten, beredte Blicke ausgetauscht und uns Hoffnung spendend signalisiert, dass wir das hier gemeinsam durchstehen würden, was immer *das hier* auch war.

Wir konnten uns das Verhalten unseres Vaters nicht erklären. Niemals zuvor hatten wir ihn so erlebt. Ich bin mir fast sicher, dass Mark mit der gleichen Frage eingeschlafen ist, wie ich sie mir damals stellte: Was hatten wir falsch gemacht, um unseren Vater derart zu provozieren? Noch suchten wir den Fehler bei uns; Kinder, die wir waren.

Noch.

Ich schloss die Augen und betete, die Antwort im Traum zu finden, der allerdings nicht lange währte.

Papa weckte uns kurz nach dem Einschlafen. Genau in der Phase, in der die Verwirrung am größten ist, wenn man noch von der festen Hand des Schlafes gepackt dagegen ankämpft, die raue Oberfläche des Bewusstseins wieder zu durchbrechen.

»Mitkommen!«, flüsterte er, als wären hier noch andere Schlafende unter dem Dach. Vielleicht wollte er auch nur seine Dämonen nicht wecken, obwohl ich mir sicher war, dass die schlimmsten von ihnen niemals schliefen.

Mark und ich sahen uns an, dann schälten wir uns aus den Schlafsäcken. Zitternd vor Aufregung suchten wir nach unseren Turnschuhen, doch Papa befahl uns, keinen Lärm zu machen.

Also schlichen wir barfuß die Treppe hinunter, beide in T-Shirts und Boxershorts, mit den Turnschuhen in der Hand.

Das Klassenzimmer wirkte im Halbdunkel wie eine bizarre Filmkulisse eines Horrormovies.

Wir mussten über eine Öffnung im Boden steigen, aus der es nach Diesel stank.

»Kommt«, sagte er und schwenkte die Lampe in der geöffneten Tür.

Wir wechselten einen knappen Blick, zuckten beide synchron mit den Achseln und vertrauten darauf, dass er uns bald den Grund für sein merkwürdiges Verhalten erklären würde.

Tatsächlich aber sah er uns nur an, den Kopf schräg geneigt, mal zur einen, mal zur anderen Seite, wie ein Raubtier, das sein paralysiertes Opfer taxiert, bis ich mir ein Herz fasste und das Schweigen brach: »Was willst du von uns, Papa?«

Er lachte, als hätte ich einen gelungenen Scherz gemacht, und wuschelte mir beinahe liebevoll durch die Haare.

Dann zeigte er mit seiner Lampe auf die Tafel. Der lateinische Spruch war verschwunden, stattdessen stand dort jetzt: »Lektion 1«.

»Wo seid ihr hier?«, fragte er, die Hand immer noch auf meinem Kopf. Sie fühlte sich an wie eine Wärmflasche, die meine Schädeldecke erhitzte.

»In der Schule«, gab ihm Mark die gewünschte Antwort. Seine Stimme klang belegt. Ihr Klang löste bei mir den paradoxen Reflex aus, mich selbst zu räuspern.

»Ganz richtig«, sagte Papa und versetzte Mark eine schallende Ohrfeige.

Sein Kopf schnellte zur Seite, ein roter Fleck auf der Wange, wie ein Blutmal, zeigte sich im Schein der Öllampe.

»Warum?«, presste mein Bruder zornig hervor, Tränen in den Augenwinkeln.

»Weil ihr euch melden müsst, bevor ihr sprechen dürft.« Mein Vater nickte mir zu und fragte: »Was lernt ihr hier?«

Ich räusperte mich erneut, schloss kurz die Augen und hoffte inständig, noch immer oben unter dem Dach in meinem Schlafsack zu liegen, oder am besten zu Hause im Bett, weiterhin von dem Fiebertraum geplagt, der mich nach dem Anschlag auf Stotter-Peter heimgesucht hatte, doch weder mein Vater noch diese Insel waren Teil jener Halluzinationen.

»Wir, wir …« Ich sah das Funkeln in den Augen meines Vaters und hob schnell den Arm. Papa nickte anerkennend.

»Sprich.«

»Wir lernen zu töten«, sagte ich.

Er freute sich über meine Antwort.

»Ganz genau. Aber bevor ihr das Töten lernt, braucht ihr erst ein Opfer.«

»Ein Opfer?«, entfuhr es mir zum Glück nur in Gedanken, sonst hätte ich ebenfalls eine Ohrfeige kassiert.

Unser Vater legte erst mir, dann Mark die Hand auf die Schulter und drückte sie fest.

»Sucht es euch. Los. Bringt mir ein Opfer. Egal wie. Egal welches. Ob Tier, ob Mensch, ob gefangen oder angelockt, Hauptsache, es lebt. Ihr habt …«, Vater löste seinen rechten Arm von meiner Schulter und sah auf die Uhr, »… vier Stunden Zeit. Wenn ihr mir bis zum Morgengrauen kein Opfer gebracht habt, werdet ihr bestraft.«

26. Kapitel

Es war eine tropische, windstille Nacht, in der man selbst nackt zu warm angezogen war, dennoch fröstelte ich für einen Augenblick, als sich die Tür schloss und Papa uns aussperrte, nachdem er uns zuvor kommentarlos einen Rucksack vor die Füße geworfen hatte.

Über uns wölbte sich ein wolkenloser, sternengesprenkelter Himmel, und das Licht des Mondes tauchte unsere Umgebung in einen quecksilbrigen Schleier. Das Zirpen der Grillen wob einen Klangteppich, der alle anderen Geräusche der Insel überdeckte.

»Hat der sie noch alle?«, hörte ich Mark fragen, während ich mich an dem Rucksack zu schaffen machte. »Das meint er doch nicht ernst, oder?«

Ich hörte, wie im Inneren des Schuppens ein Stuhl gerückt wurde, und gab meinem Bruder ein Zeichen, still zu sein.

Wir schlüpften in unsere Schuhe, ich schulterte den Rucksack, und wir gingen schweigend den Hügel hinauf, von dessen Spitze wir gestern die Hütte zum ersten Mal gesehen hatten.

Jetzt, da wir außer Hör- und Sichtweite unseres Vaters waren, warf ich einen Blick in den Rucksack und musste Mark recht geben: »Ja, dem Alten hat's die Sicherungen rausgeschossen.«

Ich angelte eine schlagstockgroße Taschenlampe aus dem Rucksack, mit der ich den Erdboden ausleuchtete, auf den ich den restlichen Inhalt kippte.

»Ein Seil? Messer? Draht?« Mark kommentierte jeden einzelnen Gegenstand, den er in die Hand nahm. »Was zum Geier ... ich meine, das kann doch wohl nur ein Scherz sein!«

War es nicht, und dem Zittern in Marks Stimme nach wusste er das ebenso gut wie ich.

»Was ist denn in ihn gefahren?«, fragte er mich.

»Ich habe keine Ahnung«, sagte ich und hatte gleichzeitig die Wolke vor meinem inneren Auge. Die Spinnen, die aus Sandys Mund in den von Papa wanderten.

»Vielleicht ist er besessen«, sagte ich. Mein Versuch zu kichern blieb mir im Halse stecken.

Mark trat mit der Schuhspitze gegen das Seil auf dem Boden.

»Das *vielleicht* kannst du streichen, Kleiner.«

Über unseren Köpfen stieß ein Vogel einen dumpfen Klageschrei aus, dann hörten wir Flügelschlagen und das Rascheln von Blättern. Ich sah nach oben, konnte aber in der Dunkelheit kein Tier erkennen.

Kein Opfer.

»Und jetzt?«, fragte Mark.

»Da fragst du noch?« Ich sah ihn erstaunt an, verblüfft, dass er nicht von selbst auf das Naheliegende gekommen war. Auf die einzig richtige Entscheidung.

Ich wies mit dem Kinn zu dem Trampelpfad, der über den Abhang hinter uns zum Liegeplatz führte.

»Wir hauen ab!«

27. Kapitel

Möglich, dass unser Vater den Verstand verloren hatte, nicht aber seine Intelligenz. Auf den Gedanken, dass wir uns das Boot schnappen und uns von der Insel stehlen könnten, war er natürlich ebenfalls gekommen.

Ich konnte mich nicht erinnern, dass er uns nach der Ankunft auch nur für eine Sekunde alleine in der Hütte gelassen hatte, aber vielleicht hatte er die Paddel ja geholt, als wir eingeschlafen waren, jedenfalls fehlten sie, und ohne Paddel war das Boot so nützlich wie ein leeres Schlauchboot ohne Luftpumpe.

»Schwimmen?«, fragte Mark und testete die Chancen dieser Option, indem er sich niederkniete und die Hand ins Wasser gleiten ließ.

Er verzog das Gesicht, das sich auf der dunklen Wasseroberfläche spiegelte. Das Mondlicht schien hier so hell, dass ich die Taschenlampe gar nicht brauchte.

»Hat bestimmt eine angenehme Badetemperatur.«

»Mag sein.« Ich zeigte in die Dunkelheit, wo irgendwo das gegenüberliegende Ufer des Sees liegen müsste.

»Aber hast du eine Ahnung, in welche Richtung wir schwimmen müssten?«

»Hm«, grunzte er. »Nicht wirklich. Ich glaub, die Drecksinsel liegt mitten im See, ist vermutlich egal.«

»Ist es nicht«, widersprach ich ihm. »Der See hat die

Form einer heraushängenden Zunge. Erwischen wir die nordwestliche oder südöstliche Seite, dauert es ewig bis zum Festland. In die anderen Richtungen könnten wir es eher schaffen, wenn nicht …«

»Wenn *was* nicht?«

»Du hast den Bullen doch gehört. Hier gibt es Untiefen, Strudel, Strömungen. Hast du Lust, da reinzugeraten, mitten in der Nacht?«

»Nee, ich hab aber auch keine Lust auf den Irren, der sich im Körper meines Vaters versteckt hält.« Mark zeigte zurück zum Trampelpfad.

»Irgendwo hab ich mal gelesen, dass man die Himmelsrichtung mit einer stinknormalen Armbanduhr bestimmen kann.«

»Ja, dafür braucht man nur die Sonne und eine Uhr mit Zeigern«, bestätigte ich. »Ich mag mich irren, aber irgendwie haben wir gerade beides nicht zur Verfügung.«

»Mach mich nicht an, Kleiner. Ich versuche nur, eine Lösung zu finden.«

Mein Magen knurrte und erinnerte mich daran, wie hungrig ich war. »Meinst du, hier gibt es Obstbäume oder Beeren oder so was?«

»Woher soll ich das denn wissen?«

Ich schaltete die Taschenlampe wieder an und leuchtete zu der Baumgrenze am Ufer.

»Vielleicht will Papa, dass wir uns mit dem Zeug aus dem Rucksack eine Angel bauen?«

Ich zeigte Mark einen Vogel.

»Wieso denn nicht?«

»Weil wir ihm etwas Lebendiges mitbringen sollen, schon vergessen?«

»Ein Fisch ist lebendig.«

»Ja, aber nur, solange er noch im Wasser ist, du Idiot.«

Unsere Stimmung wurde immer gereizter. Die Angst, die sich in uns aufgestaut hatte, und die Wut, die wir uns nicht getraut hatten, unserem Vater gegenüber zu zeigen, ließen wir nun aneinander aus.

»Siehst du hier irgendwo einen Eimer, oder willst du ihn im Rucksack zur Hütte schleppen?«

»Arschloch.«

Mark drängte mich zur Seite und lief den Steg zurück.

»Hey, wo willst du denn hin?«

Ich verfolgte ihn zunächst mit dem Strahl der Lampe, dann setzte ich mich selbst in Bewegung. Erst auf der Spitze des Hügels hatte ich wieder zu ihm aufgeschlossen.

»Wonach suchst du?«, fragte ich, während er mir die Taschenlampe aus der Hand nahm und sie auf den Wald richtete, der sich links von uns erstreckte. Linden und Birken standen hier, aber auch einige Kiefern, wenn ich mich nicht irrte. Immerhin hatte ein lauer Wind eingesetzt, der meinen Schweiß trocknete und die Blätter über uns sachte rauschen ließ.

Mark wandte sich dem Wald zu und leuchtete in die Baumkronen.

»Was gibt es denn da?«

»Der Schrei vorhin.«

»Was denn für ein Schrei?«, fragte ich, langsam nun auch an seinem Verstand zweifelnd.

»Der Vogel, das war eine Eule, glaub ich.«

»Und?«

Er drehte sich zu mir um. »Hatten wir gerade in Bio: Eulen sind Bodenbrüter.«

»Toll und was …« *sagt uns das jetzt?*, wollte ich gerade den Satz vollenden, als es mir selbst klar wurde. »Du meinst …?«

»Möglich wär es. Aber dafür müssten wir schon verdammt viel Glück haben. Um diese Jahreszeit müssten die Jungen eigentlich längst flügge sein, doch vielleicht gab es hier nicht so viele Mäuse diese Saison, dann verschiebt sich die Brutzeit manchmal nach hinten, weswegen man die Nester ja auch mindestens bis Oktober in Ruhe lassen soll.«

Es war typisch für Mark, dass er sich solche Details merkte. Auf dem Schulhof lästerte er gerne über »Weicheier«, die gegen Tierversuche demonstrierten oder, wie unser Mathelehrer, generell kein Fleisch aßen. Insgeheim aber war er innerhalb der Familie Zambrowski der größte Tierfreund, und obwohl ich es war, dem Gismo die letzten Tage ständig hinterhergelaufen war, war er es, der sich minutenlang von ihm verabschiedet hatte, als wir ihn gestern für den Ausflug bei Mama hatten zurücklassen müssen.

Wir teilten uns auf. Er mit, ich ohne Lampe, den Blick auf den Boden gerichtet. Eine ganze Weile hörte ich nichts als das Knistern unserer Füße auf dem trockenen Laub. Und neben den Blättern, auf die ich trat, sah ich nichts, außer Wurzeln, Erde und Gras, wenn überhaupt.

Unsere Suche erschien mir ebenso sinnlos wie der Befehl meines Vaters, und ich wollte Mark schon bitten, es sich doch noch einmal zu überlegen, ob wir nicht besser unsere Kräfte aufsparen sollten, um schwimmend von dieser Insel herunterzukommen, da stolperte ich beinahe über das, was wir zu finden hofften.

»Hey, sieh nur!«

Ich war um die Linde herumgegangen und zeigte auf das Erdreich zu meinen Füßen, auf dem weiße Flocken lagen, die alles Mögliche sein konnten. Baumwolle, Pollenflusen *oder Federn?*

»Leuchte mal hierhin!«

Mein Bruder trat zu mir und pfiff durch die Zähne.

Der Stamm, der sich wie ein Trichter nach unten immer weiter ausstülpte, bevor er im Erdboden versank, hatte ein Loch an seiner tiefsten Stelle. Und in dieser ausgehöhlten Mulde fanden sich alle Anzeichen eines Nestbaus. Hölzer, Gräser, Federn.

»Scheiße«, sagte er, aber ich hörte auch etwas Erleichterung aus seiner Stimme heraus.

Das Nest war leer.

»Verdammter Drecksmist!«

Natürlich wäre es das Einfachste gewesen, ein Küken aus dem Nest zu stehlen, um Papas morbide Opfer-Aufgabe zu lösen. Aber ich hatte große Zweifel, dass wir es übers Herz gebracht hätten, und trotz der angedrohten Strafe waren wir beide froh, dass uns die Gewissensentscheidung abgenommen worden war.

»Was meinst du, wird er mit uns machen?«, fragte ich. Unbewusst griff Mark sich an den Hals.

Wenn wir ihm kein Opfer bringen.

»Erinnerst du dich an die letzte Tracht Prügel, die er uns verabreicht hat?«

»Die letzte? Ich erinnere mich noch nicht einmal an die erste.«

»Ich auch nicht!« Jetzt fasste Mark sich an die Wange, wo die Hand unseres Vaters ihn getroffen hatte.

»Heute war das allererste Mal, dass er mich geschlagen hat«, sagte er tonlos. »Und weißt du, was daran am meisten wehtut?«

»Was?«

»Dass es sich so angefühlt hat, als hätte er darin Übung. Keine Ahnung, ob du das verstehst.«

Ich zuckte mit den Achseln, obwohl ich sehr wohl begriffen hatte, was er meinte. Das war kein Handausrutschen gewesen. Papa hatte weder vorher gezögert, noch war hinterher der Ausdruck eines Bedauerns über sein Gesicht gewandert. Eher schien es ihm Spaß gemacht zu haben, wie in der Nacht, als wir mit ansehen mussten, wie er Mama misshandelte.

»Und jetzt?«, fragte ich.

»Keine Ahnung. Ich lauf jedenfalls nicht durch den Wald und stelle Fallen auf oder so was.«

Ich ließ den Rucksack fallen und ging neben ihm in den Schneidersitz. Wir saßen auf einem natürlichen Rasenfleck, die Gräser unter uns fühlten sich erstaunlich feucht an, wahrscheinlich weil die dichte Baumkrone hier wie eine Markise wirkte, die den Boden tagsüber vor dem Sonnenlicht schützte. Möglicherweise stand das Grundwasser an dieser Stelle aber auch besonders hoch.

»Weiß gar nicht, wie das geht«, ergänzte Mark.

»Ich auch nicht«, sagte ich.

Deshalb seid ihr ja hier, hörte ich die Stimme meines Vaters in Gedanken. *Um es zu lernen.*

Ich ließ die Hand über das weiche Gras wandern, auf dem wir saßen. Dabei spielte ich mit dem Gedanken, es auszureißen und mir in den Mund zu stecken.

Mein Magen knurrte nicht mehr, er fletschte schon die Zähne. Noch mehr machte mir allerdings der Durst zu schaffen. Papa hatte uns vor dem Schlafengehen eine »Ration« zugeteilt, eine halbe Flasche warmes Leitungswasser. Wir waren Idioten, dass wir am See nichts getrunken hatten.

»Schätze, wir warten hier, bis die Sonne aufgeht, und dann holen wir uns unsere Strafe ab«, sagte Mark. »Was immer die auch ist.«

Ich nickte und zog gedankenverloren ein Büschel Gräser aus dem Boden. Steckte meine Finger in die angenehm kühle Erde.

Moment mal, dachte ich und suchte nach einem logischen Fehler in der Überlegung, dir mir gerade durch den Kopf geschossen war. Fand sie nicht.

»Ich glaub, ich habe eine Idee«, sagte ich zu Mark und begann mit den Fingern das Gras auszureißen.

Kurz darauf sahen wir die Katze.

28. Kapitel

Sie (später sollten wir herausfinden, dass es eine *Sie* war) war ein grau getigertes Babykätzchen, das so aussah, als würde es besser die Zitze seiner Mutter suchen als unsere Gesellschaft. Viel zu furchtlos stolzierte sie direkt auf uns zu, schmiegte sich an meinen ausgestreckten Fuß und stupste das Bein von Mark mit ihrer kleinen Nase.

»Was zum Teufel …?« Mark sah mich fragend an, doch ich hatte auch keine Erklärung. Es war schon ungewöhnlich genug, auf dieser Insel auf eine Hauskatze zu stoßen (ihr Fell fühlte sich gesund und seidig an); dass das Tier dann auch noch so zutraulich war, dass es sich rücklings hinlegte und uns den hellen Bauch zum Kraulen entgegenstreckte, war höchst erstaunlich.

»Wo kommt die denn her?«

Ich zuckte mit den Achseln, mittlerweile mein Standardkommentar auf die meisten Fragen meines Bruders.

»Das gibt es doch gar nicht.«

Wieder hörte ich einen unterschwellig sorgenvollen Begleitton in seiner Stimme, und der Grund dafür lag im wahrsten Sinne des Wortes auf der Hand. Seine Finger, die gerade durch das Fell glitten, müssten sich nur zur Faust schließen, und er hätte die Aufgabe unseres Vaters gelöst.

»Schau nur, Papi, was wir gefunden haben. Eine schnurrende Babykatze. Ist das nicht ein schönes Opfer?«

»Das können wir nicht tun«, sagte ich und streifte mir an meinen Shorts die erdfeuchten Hände ab.

Mark schüttelte den Kopf, was in dieser Situation eine doppeldeutige Geste war. Stimmte er mir zu, oder war er anderer Meinung?

Die nächste Aktion meines Bruders hingegen war eindeutig. Er versetzte der Katze einen Tritt.

»Hau ab, schnell!«

Das Tier hatte aufgehört zu schnurren und war einen Meter zurückgewichen, bewegte sich ansonsten aber trotz der unsanften Behandlung nicht von der Stelle.

»Na los!«, sagte nun auch ich und griff mir einen kleinen Stein aus der Mulde, die ich im Gras ausgehoben hatte. Ich zielte nach der Katze. Vergeblich. Weder traf ich sie, noch schien sie von unseren Abwehrbewegungen beeindruckt. Im Gegenteil. Sie schnurrte erneut und schritt mit hochgerecktem Schwanz auf uns zu.

»Bist du bekloppt?«, fragte Mark die Katze und stand auf. Sie blieb stehen, einen Schritt von ihm entfernt, und neigte das winzige Köpfchen zur Seite. Nichts an ihr machte auch nur im Entferntesten einen feindseligen Eindruck, wofür es meiner Meinung nach nur eine einzige Erklärung gab: »Ich glaube, die hat noch nie einen Menschen gesehen«, sagte ich. »Der fehlt die natürliche Furcht.«

»Der fehlen gleich die Eingeweide, wenn sie auf unseren Vater trifft«, schnauzte Mark und trat erneut nach dem Tier.

Die Katze schien das alles für ein Spiel zu halten und wich geschickt aus, ohne jedoch das zu tun, was jedes andere Tier getan hätte: Weder floh sie in den Wald, noch buckelte sie oder fauchte gar.

Stattdessen legte sie sich ausgerechnet vor den Rucksack,

in dem sich die Utensilien befanden, mit der wir ihr die Beine hätten fesseln oder sie irgendwo hätten anbinden können.

Aber das wollten wir nicht.

Vermutlich hätten wir es noch nicht einmal übers Herz gebracht, ein Vogelbaby zu töten. Bei einem Wirbeltier lag die Hemmschwelle nochmals einen Kilometer höher.

»Du bescheuertes Vieh!«, brüllte mein Bruder jetzt, und das war ein Fehler. Wie wir im letzten Halbjahr in Physik gelernt hatten, breitet sich der Schall der Stimme in trockener Luft bei einer Temperatur von 20 Grad Celsius mit einer Geschwindigkeit von 343 Meter pro Sekunde aus. Da wärmere Luft eine höhere Dichte hat als kalte, dürften die Schallwellen in jener tropischen Nacht auf ihrem Weg zur Hütte etwas gebremst worden sein. Aber sie waren immer noch laut genug, um die Aufmerksamkeit von Vitus Zambrowski auf sich zu ziehen. Es dauerte nicht lange, und das Licht ging an, kurz darauf wurde die Tür geöffnet, und unser Vater trat aus dem »Klassenzimmer«.

»Also gut«, sagte Mark. »Da haben wir wohl keine andere Wahl.« Er hob das Kätzchen hoch, deren Augen im Mondlicht aufblitzten. Sie leckte ihm über die Hand und presste ihr Köpfchen an seine Brust.

Von weitem hörte ich meinen Vater husten. Oder lachen. Sicher war ich mir nicht, nur dass das kehlige Geräusch näher kam.

29. Kapitel

»Wollt ihr mich verarschen?«

Papa sprach so leise, dass wir ihn kaum verstanden. Wir saßen wieder auf unseren Plätzen, in der mittleren Reihe an den Schultischen, und ich bekam Kopfschmerzen, so sehr musste ich mich auf seine Beleidigungen konzentrieren.

»Ihr kleinen Arschlöcher wart über vier Stunden weg ...«

Ich sah zu dem kleinen Fenster, hinter dem es tatsächlich hell geworden war, und wunderte mich, wie sehr mich mein Zeitgefühl trog. Ich hätte gedacht, höchstens eine Stunde mit Mark dort draußen verbracht zu haben, aber jetzt war der neue Tag tatsächlich schon angebrochen. Es dämmerte.

Unsere Frist ist abgelaufen ...

»... vier Stunden, und alles, was ihr gefunden habt, ist *das hier?«*

Er zeigte auf unser »Opfer« vor sich auf dem Lehrerpult.

»Papa, bitte ...«, fasste sich Mark ein Herz und sah ihm direkt in die Augen. »Was ist denn nur los mit dir, ich verstehe nicht ...?«

Die Ohrfeige riss ihn beinahe vom Stuhl.

Mit zwei schnellen Schritten war Papa bei ihm gewesen, im Laufen hatte er bereits ausgeholt, doch noch immer erhob er seine Stimme nicht, auch wenn ihm die blinde Wut regelrecht aus dem Gesicht sprang.

»Was hab ich vorhin gesagt?«, flüsterte er. Seine Haare fielen ihm wirr ins Gesicht und störten ihn beim Blinzeln, aber er machte keine Anstalten, sie sich aus der Stirn zu streichen.

Mark sah zu mir, und ich deutete mit einer Handbewegung an, welche Antwort Papa von ihm erwartete. Eine kurze Sekunde des Zögerns, dann begriff er und hob den Arm.

»Ganz richtig.« Papa nickte zufrieden. »Erst melden, dann sprechen.« Er zuckte mit den Augenbrauen als Zeichen dafür, dass sein Sohn jetzt reden dürfte.

»Wieso tust du das?«, fragte Mark. »Ich meine, was ist denn mit dir auf einmal los?«

Die ebenso verständliche wie mutige Frage schien unseren Vater für einen Moment zu irritieren. Er kratzte sich am Hinterkopf, spitzte die Lippen und kniff die Augen zusammen.

»Was mit *mir* los ist?« Er schüttelte den Kopf.

»Von all den Fragen, die es in der Welt gibt...« Er stockte kurz, dachte weiter nach, fing den Satz noch mal von vorne an. »Von all den *wichtigen* Fragen, die es zu klären gilt, von all den *bedeutenden* Fragen, von deren Antworten euer Leben abhängt, stellst du ausgerechnet *diese?*«

Tiefe Enttäuschung schwang in seiner Stimme mit, und ich hatte den Eindruck, dass sich Tränen in seinen Augen sammelten, aber da mochte ich mich täuschen.

»Du fragst nicht, woher dein nächstes Essen kommt. Nein, dafür bist du schon viel zu verweichlicht und verwöhnt, denn das Essen liegt ja im Supermarktregal, richtig? Du hast keine Ahnung, welchen Weg es bis dahin zurückgelegt hat. Wie die Tiere getötet werden, die du gedankenlos als Schnitzel, Wurst oder Pizzabelag in dich reinstopfst. Du fragst dich nicht, wie ein Mann früher seine Familie ernährt hat, als es noch keine Massentierschlachtanlagen gab, in denen unterbezahlte polnische Hilfsarbeiter den Schweinen sekündlich die Spieße in den Hals stoßen oder sie gleich lebend zum Verbrühen in ein Heißwasserbecken werfen. Du fragst dich nicht, wie man mit den Gegenständen, die ich euch überlassen habe, eine Vierer-Falle aufstellt, mit der ihr für euer eigenes Essen hättet sorgen können. Stattdessen sitzt du hier wie ein jämmerlicher Waschlappen vor mir und bedauerst, dass wir nicht beim Türken um die Ecke Halt machen können, wo ihr euch das Fleisch zu Tode gemästeter Tiere einverleiben könnt, anstatt die erste Regel des Lebens zu lernen, die unsere degenerierte Generation, die sich für zivilisiert hält, in Wahrheit aber nur noch krank ist und im Sterben liegt, schon längst vergessen hat.« Er zeigte auf die Tafel mit der Aufschrift »Lektion 1«.

»... nämlich die Regel, dass man töten muss, um zu leben. Und dass man das Töten *selbst* erledigen muss, hört ihr? Ihr dürft es nicht an andere delegieren, so wenig, wie ihr *Essen*, *Atmen* oder *Kinderzeugen* delegieren könnt.«

Er spuckte auf den Boden.

»Ihr enttäuscht mich. Wirklich.« Sein Kopf wanderte zu mir.

»Auch du. Dein Bruder ...« Er zeigte mit seiner Prankenhand auf Mark. »Von ihm habe ich nichts anderes erwartet. Aber du, Simon?« Er sah mich traurig an, öffnete den Mund, schüttelte wieder den Kopf und schob mit seiner Zunge einen dicken Speichelfaden zur Seite. Dann ballte er die Fäuste und atmete tief durch, als wollte er sich darauf vorbereiten, für eine lange Zeit die Luft anzuhalten.

Was als Nächstes passierte, ging wieder so blitzschnell, dass ich alles erst im Nachhinein realisierte. Seine Hand war wie der Kopf einer Kobra vorgeschnellt, hatte sich in Marks Schopf verbissen und meinen Bruder mit einem gewaltigen Ruck vom Stuhl gerissen. Eine Sekunde später schon hatte er ihn nach vorne zum Pult gezerrt und drückte ihn mit dem Kopf auf die Tischplatte. Direkt neben das »Opfer«.

»Das ist es also?«, fragte Papa, der jetzt nicht mehr flüsterte, aber auch weit davon entfernt war zu brüllen. Eigentlich redete er ganz normal, in Zimmerlautstärke und völlig ohne Druck, so als würde er sich mit uns unterhalten, aber der Speichel um seinen Mund und die zu Schlitzen verengten Augen sprachen die wahre Sprache. Die des Wahnsinns.

»Das ist euer Opfer?«

Mark hob die Arme, drückte die Schultern hoch und versuchte sich zu befreien, was mein Vater schnell unterband, indem er seinen Kopf erneut an den Haaren hochriss, um ihn als Nächstes wieder auf die Platte zu schlagen.

Ich meldete mich.

»Ja?«

»Wir sind unerfahren«, sagte ich und hörte mich dabei schwer atmen. Die Angst schnürte mir den Brustkorb ab.

»Und?«

»Und wir haben nichts anderes gefunden.«

»Nichts *anderes?*«

Er starrte auf das Glas auf dem Pult, in dem sich die Regenwürmer kringelten. Ich hatte sie in der feuchten Erdmulde entdeckt, die ich unter dem Gras ausgebuddelt hatte, kurz bevor die Katze aufgetaucht war.

Die Katze.

Ich wusste, dass Papa sie gesehen hatte. Nur noch wenige Meter war er entfernt gewesen, und auch wenn Mark ihm den Rücken zugedreht hatte, konnte es ihm nicht entgangen sein, dass sie sich aus seinen Armen gewunden hatte und zu Boden gesprungen war, etwa in dem Moment, als Papa in die Hände klatschte und »seine Jungs« nach »Resultaten« fragte.

Vielleicht hat das Tier die drohende Gefahr gespürt, die sich mit meinem Vater näherte. Sie musste so etwas wie einen Detektor besitzen, ein Gefahrenradar, so wie Stotter-Peter, dem sein Sprachfehler dabei half, zwischen Gut und Böse zu unterscheiden. Jedenfalls war das getigerte Kätzchen in der Dunkelheit des Waldes verschwunden und zum Glück nicht wieder aufgetaucht, sonst läge das Tier jetzt anstelle der Würmer auf dem Tisch. Festgebunden, mit dem Draht aus unserem Rucksack, dessen war ich mir sicher.

Ich hob die Hand und wartete auf das Zucken seiner Augenbrauen.

»Du hast gesagt, es muss leben. Alles andere ist egal.«

»Hab ich das?«

Den Kopf meines Bruders noch immer auf das Pult gepresst, lächelte er. »Also schön.«

Er lockerte seinen Griff. Mark blieb einen Moment liegen, bis er realisierte, dass er sich wieder frei bewegen konnte, dann wich er von unserem Vater zurück.

»Also schön«, wiederholte er und ging in den Gang.

Ich senkte den Blick, wagte nicht zu atmen.

Das Nächste, was ich hörte, war, wie die Tür krachend ins Schloss fiel und er uns in der Hütte einschloss. Allein mit unserem Hunger, Durst und unseren Ängsten.

30. Kapitel

Was danach passierte, ist so schlimm, dass ich es nicht wiedergeben möchte. Ich sehe auch keinen Sinn darin, diese Form der Gewalt zu Papier zu bringen. Ich habe keine Ahnung, wer außer Dr. Frobes dieses Patiententagebuch jemals lesen wird. Vielleicht wird es ja sogar irgendwann veröffentlich, wenn ich längst tot bin. Dann dienen diese Zeilen womöglich der Unterhaltung irgendwelcher Menschen, die ich nicht kenne und die ich auch nie kennenlernen wollen würde, denn wieso sollte ich mich mit Leuten abgeben, die Zerstreuung in der Lektüre über Tod und Gewalt suchen? Das ist krank. Nicht ganz so krank wie das, was mein Vater uns zu tun gezwungen hat, aber schon die Bibel irrte, als sie sagte, am Anfang war das Wort. Schwachsinn. Am Anfang war der Gedanke, sonst wäre Gott ja ein planloser Schwätzer, was ich nicht glaube.

Am Anfang steht also immer ein Gedanke, und ist der erst einmal eingepflanzt, kann die Saat des Bösen irgendwann aufgehen, so wie sie bei meinem Vater aufgegangen ist. Und sie könnte auch bei anderen deformierten Seelen aufgehen, wenn diese Zeilen hier in die falschen Hände geraten.

Deshalb werde ich Sie nicht mit zurück in den Wald nehmen und Sie meinem Vater über die Schulter gucken lassen, während er die Katze einfing. Mit einer Falle, die ich nicht näher beschreibe, damit niemand jemals auf die Idee kommen wird, sie nachzubauen.

Nur so viel werde ich verraten: Er selbst war es, der den kleinen grauen Babytiger auf der Insel ausgesetzt hatte. Von einer privaten Züchterin in Fürstenwalde gekauft und viel zu früh der Mutter entrissen. Ohne Impfpass und Quittung.

»Um es euch einfacher zu machen«, wie er später sagte, als er nach einer Stunde zurück im Klassenzimmer war. Mit einem Sack in der Hand, in dem das Tier schon nicht mehr zappelte, weil es schon zu diesem Zeitpunkt sehr verwundet war.

»Ihr habt ja die Würmer gar nicht gegessen«, hatte er lachend gesagt, mit dem Blick auf das unberührte Glas auf dem Lehrertisch.

»Nicht so zurückhaltend, denn das wird das Einzige sein, was euch in absehbarer Zeit zur Verfügung steht.«

Mit diesen Worten hatte er das Glas vom Tisch gefegt und den Inhalt seines Sacks auf ihm ausgekippt, und was danach folgte, wird niemand jemals aus meinem Munde hören. Nicht mal unter Folter.

Komisch, wie die menschliche Psyche manchmal funktioniert, oder? Mit Gewalt gegen Menschen habe ich kaum noch Probleme. Sie könnten mich auf einem irakischen Marktplatz bei einer Steinigung zusehen lassen oder in Guantanamo beim Waterboarding. Aber sobald es um Tiere geht, nein. Das halte ich nicht aus.

Es reicht also, wenn Sie wissen, dass ich seit jenem Tag keine Katze sehen kann, ohne dass ich mich schuldig fühle. Und dass ich geweint habe. So heftig wie nie zuvor in meinem Leben.

Fast so laut wie mein Bruder, dessen Tränen, als alles vorbei war, immer noch nicht versiegen wollten, aber das war ja auch logisch. Denn es war seine Hand, die Papa geführt hatte, nicht meine.

»Wieso heulst du so?«, fragte er Mark, während er ihm die blutige Gartenschere aus den Fingern nahm.

Wieso?

Was für eine grausame Frage angesichts dessen, was er ihn gerade gezwungen hatte zu tun. Nur ein Mensch, dessen Herz vergiftet oder gänzlich verschwunden war, konnte sie stellen, und bei meinem Vater, der jetzt neben meinem Bruder kniete, war ich mir nicht mehr sicher, was davon auf ihn zutraf.

»Ich will nach Hause«, schluchzte Mark.

»Ich will zu Mami«, äffte mein Vater ihn nach. Er machte sich über meinen älteren Bruder lustig, indem er trotzig die Unterlippe nach vorne schob und sich mit den Knöcheln seiner Zeigefinger die Augen rieb. Dabei verhöhnte er ihn zusätzlich mit einem ekelhaften, weinerlichen Singsang: »Bitte, bitte, bitte, sei doch nicht so gemein zu mir, Papi.«

Ich rührte mich derweil nicht vom Fleck. Seitdem mein Vater mit dem Opfertier zurückgekommen war, saß ich wie festgeschraubt auf dem Holzstuhl in der zweiten Reihe des »Klassenzimmers«, die Augen starr auf den Tisch gerichtet, in dessen Oberfläche irgendjemand ein umgedrehtes Kreuz geschnitzt hatte.

Ich wagte es nicht, den Kopf zu heben. Nach vorne zu sehen, weil ich Angst hatte, die Katze noch immer atmen zu sehen. *Wieder* atmen zu sehen.

Denn das würde geschehen, sobald ich meine Augen von den grob gezackten Linien in der Tischplatte lösen und nach vorne zur Tafel schauen würde. Ich würde erleben, wie das in seinem Blut liegende Kätzchen die Augen wieder aufriss und ich in ihnen den Blick des Teufels erkennen könnte. So wie ich ihn in den Pupillen meines Vaters entdeckte, wann immer sich unsere Blicke kreuzten.

»Du willst also nach Hause, ja? Aber soll ich dir mal was sagen, Huckleberry, das hier …«, vermutlich machte er gerade eine Bewegung, die die ganze trostlose Waldhütte umschloss, »DAS HIER IST JETZT DEIN ZUHAUSE!«

Er brüllte wie ein Fernsehprediger in einer Messehalle. Ich wusste, dass ihm Speichel aus dem Mund tropfte, wie immer, wenn er lauter wurde. In meiner Phantasie stieg gleichzeitig Rauch aus den Ohren auf, und Funken sprühten aus seinen Augen.

»Dieses Klassenzimmer hier ist dir viel mehr eine Heimat als irgendetwas anderes auf der Welt.«

Ich hörte seine Kniegelenke knacken, als er sich bewegte.

»Du undankbares Stück Dreck, glaubst du denn, mir macht das hier Spaß?«

In der Hoffnung, dass er es weiterhin auf Mark und nicht auf mich abgesehen hatte, verharrte ich in meiner Position. Schuldbewusst und voller Scham, weil ich zu feige war, aufzustehen und meinem Bruder zur Seite zu stehen.

»Glaubst du, *mir* gefällt es, zu töten?«

Er stöhnte laut auf. Dann wiederholte er sinngemäß die Worte seiner Eröffnungsrede von gestern.

»Ich habe euch hierhergebracht, damit ihr die Dinge lernt, die euch die Lehrer in der Schule nicht beibringen. Jagen. Sammeln. Töten. Und Verlust. Das ist das Wichtigste. Liebe verweichlicht. Verlust härtet ab!«

Die Worte trafen mich wie Schläge.

»Von mir lernt ihr, wie ihr überleben könnt. Und ich

zeige euch all das, wovon die *Gesellschaft*«, er spuckte dieses Wort aus, als wäre es ein Stück Hundekacke, das auf einmal in seinen Mund gelangt war, »... wovon diese *Gesellschaft* da draußen euch fernzuhalten versucht. Diese liberalen Pisser, diese Weltverbesserer und Gutmenschen, die euch nichts, aber auch gar nichts von den echten Emotionen lehren, die ihr spüren MÜSST, wenn ihr da draußen überleben wollt: Angst, Not, Grauen, Schmerz, Trauer.«

Ich fragte mich, ob er wusste, dass die Anfangsbuchstaben der aufgezählten Gefühlszustände erneut das Wort A.N.G.S.T. ergaben, oder ob ihn das Böse, das seit Sandys Unfall in ihm wohnte, in eine gedanken- und willenlose Maschine verwandelt hatte. Die letztere Vorstellung besaß in ihrer Grausamkeit auch etwas Tröstliches. Ich wollte nicht, dass das hier wirklich *er selbst* war. Eher konnte ich mich mit der Vorstellung anfreunden, dass mein einst so gutmütiger, sanfter, lebenslustiger Vater nur noch eine von einem Teufelsparasiten befallene Hülle war; ausgehöhlt von einem bösartigen Zecken- oder Spinnenschwarm, dessen Königsspinne sich in seinem Gehirn eingenistet hatte und ihn von dort aus mit gezielten Bissen in den Neocortex in den Wahnsinn dirigierte.

»Simon?«, hörte ich ihn meinen Namen sagen. So viel Bösartigkeit und Aggressivität in einem einzigen Wort.

Noch immer traute ich mich nicht aufzusehen. Aber noch mehr Angst hatte ich, mich seinem Befehl zu widersetzen.

Mit schnellen Schritten durchquerte er die Hütte, riss die Tür auf und zeigte in den Sommerregen hinaus, der vor kurzem eingesetzt hatte.

»Dieser Ort hier ist das wahre Leben. Der Ort der Offenbarung!«

In seinen Augen erlosch etwas, als ob eine Glühbirne geplatzt wäre.

»Leiden formt den Charakter«, bellte er. »Und nirgendwo könnt ihr besser als hier lernen zu leiden.«

Er schlug die Tür wieder zu. Ich hatte das Gefühl, der Raum wäre enger geworden, wäre geschrumpft in den letzten Sekunden. Papas Prophezeiungen waren noch nicht vorbei.

»In den kommenden Tagen werdet ihr euch wilden Tieren stellen müssen, mit den Unbilden des Wetters zu kämpfen haben. Ihr werdet Fallen stellen, Sumpfgebiete durchqueren und töten müssen.«

Er suchte abwechselnd unseren Blick. Erst den von Mark, dann meinen. Und während mir langsam der Geruch der Leichenfäulnis in die Nase stieg, ein Geruch, der ganz sicher von dem toten Tier herrührte, den ich aber immer mehr mit meinem Vater in Verbindung brachte, sagte dieser:

»Wahrlich, es gibt keinen besseren Ort, um euch das Leiden zu lehren, als diese Insel hier!«

31. Kapitel

Die nächsten Stunden hatten wir »frei«.

Eingesperrt auf dem Dachboden, durften wir nur einmal für die Notdurft hinter die Hütte gehen. Der Unterricht sollte erst um acht Uhr abends weitergehen, unmittelbar vor der zweiten Nachtwanderung, die uns Papa in Aussicht stellte und für die er noch eine »Überraschung« besorgen wollte.

Die meiste Zeit waren wir also allein in der Hütte, weiterhin ohne Essen, dafür mit zwei Flaschen Schnaps, die er uns neben die Schlafsäcke gestellt hatte.

Mit den Worten »Auch das müsst ihr lernen: wie echte Männer zu trinken« hatte er erst die Dachbodenluke geschlossen und wenig später die Haustür hinter sich.

Es dauerte keine halbe Stunde, und wir waren besoffen. Das billige Zeug brannte wie Lava in unseren Kehlen, aber wir waren so ausgetrocknet, dass wir unseren anfänglichen Vorsatz, an der Flasche lediglich zu nippen, nur wenige Schlucke durchhielten. Dabei waren wir gar nicht so ungeübt. Mark hatte sich schon mehrfach auf Geburtstagen und Klassenfeten die Lampe ausgeschossen, und auch ich musste schon einmal von meinen Kumpels auf das Klo gestützt werden, *»um dem weißen Altar sein Opfer zu bringen«*, wie Mark es nannte, als Trinken noch der übermütige Flirt mit dem Verbotenen gewesen war und kein überlebensnotwendiges Übel wie jetzt.

Nie zuvor waren unsere Mägen so nüchtern und der Fusel so hochprozentig gewesen. Eine unheilvolle Kombination.

Als Vater Stunden später endlich zurückkam und uns zurück ins Klassenzimmer rief, fühlten wir uns immer noch beschwipst.

Ich stieg die Treppe hinab, und die Welt drehte sich. Ich hatte das Gefühl, der einzige Fixpunkt im Universum zu sein, bis ich merkte, dass es genau umgekehrt war. Das Universum stand still, nur ich rotierte wie auf einem Kettenkarussell im Kreis.

Dabei deutete ich das, was unser Vater dort vor uns auf dem Lehrerpult aufgebaut hatte, als Fata Morgana. Auch der Geruch, den das mit belegten Brötchen, Buletten und Wiener Würstchen überladene Tablett verströmte, war unter Garantie eine Halluzination. Nur ein Nachglimmen meines Rausches.

»Hört mal zu«, sagte er und deutete auf das Essen vor sich, »ich muss mich bei euch entschuldigen.«

Er wartete, bis wir uns auf unsere Plätze gesetzt hatten. Dann stand er auf, griff sich das Tablett und reichte es uns wie ein Kellner seinen Gästen.

Zögernd griff ich nach dem Traumbild. Nahm mir eine halbe Bulette, biss in sie hinein.

Eine Horde Pferde schien unter meinen Rippen zu galoppieren, ihre Hufe stampften im Takt meines Herzschlags gegen meine Brust.

Noch nie zuvor, ich schwöre, hatte ich etwas derart Köstliches gegessen. Noch nie zuvor war ich jemals so glücklich gewesen, mich geirrt zu haben. Das war kein Traum.

Das Essen, der Geschmack in meinem Mund war real, so

wie das Schmatzen meines Bruders und die Tränen, die ich in den Augen meines Vaters sah.

»Ich weiß, ich hab euch Angst gemacht.«

Er bot uns etwas zu trinken an. Auch das klare Wasser schmeckte köstlich und löschte unseren Brand.

»Das wollte ich nicht. Papa macht gerade eine schwere Zeit durch. Das müsst ihr verstehen.«

Ich nickte mit dem Glas am Mund, obwohl ich natürlich gar nichts verstand. In meinem Kopf spielte eine schiefe Melodie, aber sie war besser als gar keine Musik.

»Wer will noch einen Nachtisch?«, fragte Papa, freundlich. Wie ausgewechselt.

Wir hoben beide unsere Hände.

»Ach ja«, sagte er. »Auch das tut mir leid. Vergesst das mit dem Melden. Sprecht, wenn ihr wollt.«

Er schob uns eine hellblaue Plastikdose hin, eine von denen, die bei uns zu Hause im Kühlschrank standen. Keine Tupperware, die war zu teuer, aber so etwas Ähnliches wie die Dinger, in denen Mama uns immer das Pausenbrot mitgab.

»Ich war heute daheim«, sagte Papa. »Hab mit eurer Mama geredet. Und mit Sandy, deiner Freundin.« Er zwinkerte mir zu. »Sie war da, um sich zu bedanken, dass ich sie aus dem Wasser gezogen habe. Sah völlig verändert aus. Lange Hosen, hochgeschlossene Bluse, kein Schmuck, keine Schminke, die Haare zum Pferdeschwanz gebunden. Richtig nett.«

Papa ließ den Blick zur Decke gleiten, als würde er in angenehmen Gedanken schwelgen.

»Na ja, wir haben sehr lange gequatscht, und am Ende haben die beiden Frauen verstanden, dass es nötig ist.«

»Dass was nötig ist?«, fragte ich.

»Der Unterricht.«

Papa öffnete den Deckel und zeigte uns den Inhalt der Dose. Es dauerte eine Weile, bis mein Gehirn sich nicht länger weigerte, das Bild vor meinen Augen zu verarbeiten.

Mark, an dessen stoßweise gehendem Atem ich merkte, dass auch er erkannt hatte, was Papa uns da präsentierte, fragte dennoch: »Was ist das?«

»Ein Finger«, sagte unser Vater lakonisch und entnahm die abgeschnittene Gliedmaße aus der Schale. »Keine Sorge. Es ist nur der linke Daumen.«

Er zeigte auf die Tür, dann auf mich.

»Und wenn ihr euch beeilt und das Versteck rechtzeitig findet, dann kann man ihn dieser Sandyschlampe vielleicht wieder annähen.«

32. Kapitel

Lektion 2: Fährten suchen und finden

Papas Handschrift war weder krakelig noch wirr oder sonst irgendwie vom Wahnsinn gezeichnet. Die Buchstaben, die er an die Tafel geschrieben hatte, kurz bevor er uns nach draußen jagte, hätten auch auf einer Glückwunschkarte stehen können, so akkurat waren sie gezeichnet.

Eine andere Lektion hatte ich an diesem Tag bereits gelernt: Angst hat eine ernüchternde Wirkung. Mein Kopf war seltsam klar, als wir in den Regen traten. Er zog dichte Fäden, und wir waren schon nach Sekunden bis auf die Knochen durchnässt, kaum dass die Tür sich für die zweite Nacht hinter uns geschlossen hatte.

Mark schulterte den Rucksack, den wir wieder mitbekommen hatten, und wir beschlossen, zu dem Baum zu gehen, unter dem ich gestern die Regenwürmer ausgegraben hatte, und nutzten das Blätterdach der Linde hoch über unseren Köpfen als Regenschirm. Die Temperaturen waren merklich gefallen, und ich musste an Mama denken, die bei diesem Wetterumschwung gewiss unter Kopfschmerzen litt. Doch das war unter Garantie eine Lappalie, verglichen mit dem, was Sandy gerade aushalten musste.

Sandy.

Merkwürdig, wie einem ein Mensch, den man kurz

zuvor noch gehasst hatte, plötzlich ans Herz wuchs, weil ihm ein himmelschreiendes Unrecht widerfuhr. Noch vor wenigen Tagen hatte ich mit Sandy in meinen Tagträumen weitaus Schlimmeres angestellt, als ihr nur den Daumen abzuschneiden. Jetzt drehte sich mir allein bei dem Gedanken der Magen um.

»Und nun?«, fragte ich Mark, der sich unschlüssig durchs feuchte Haar fuhr, den zornigen Blick ins Tal hinab zur Hütte gerichtet. Gestern noch hätten wir darüber diskutiert, ob es wirklich wahr war, was wir hier erlebten. Oder ob Papa nur einen merkwürdigen Scherz mit einem täuschend echten Marzipanfinger gemacht hatte, um uns zu Tode zu erschrecken. Nach der Sache mit der Katze jedoch brauchten wir uns derartige Fragen nicht mehr zu stellen.

»Einen Moment lang hatte er mich«, sagte Mark. Seine Stimme klang, als hätte er gesoffen, was im Grunde sogar der Wahrheit entsprach. Nur dass das Gespräch mit unserem Vater uns allen den Kopf geklärt hatte.

Irrsinn reinigt.

»Einen Moment lang dachte ich wirklich, er meint seine Entschuldigung ernst. Kacke.« Er wischte sich die Nase mit dem Ärmel seines Hemdes ab.

»Ich auch. Aber Selbstmitleid bringt uns nicht weiter«, sagte ich altklug. Mir war selber zum Heulen zumute.

»Okay, Mr. Superschlau. Dann sag mir doch mal, was du jetzt tun willst. Nach Blutspuren suchen?« Er zeigte lachend in den Regen, von dem wir auch im Unterstand nicht verschont blieben. Dicke Tropfen schlugen in steter Regelmäßigkeit auf unserem Kopf auf. Das einzig Angenehme daran war der Geruch, den sie aufwirbelten, wenn sie auf den Boden trafen. Gras und Erde. Der Duft des

Lebens, den ich liebte, vielleicht gerade, weil ich ihn als Stadtkind nicht so häufig roch. Ich konnte mich an ihm kaum satt riechen, selbst in dieser Situation.

»Wir sollten zum Hafen gehen«, sagte ich und wartete Marks Antwort gar nicht erst ab, sondern setzte mich sofort in Bewegung.

Der erwartete Protest kam sofort. »Wieso das denn?«

»Es ist der einzige Ort, bei dem wir sicher davon ausgehen können, dass Sandy dort gewesen ist. Papa wird sie ja nicht mit einem Helikopter eingeflogen haben, und ich bezweifle, dass diese Insel hier noch einen anderen Landungsplatz hat, und selbst wenn, wieso sollte Papa den benutzen?«

»Wieso sollte er uns zum Töten zwingen?«

Katzen töten? Uns Schnaps trinken lassen? Mädchen den Daumen abschneiden?

»Auch wieder wahr.«

Dennoch steuerte ich dem Steg entgegen, in der Hoffnung, hier einen Anhaltspunkt für unsere Suche zu finden, die aus mehreren Gründen von Erfolg gekrönt sein musste. Einmal um Sandys willen, um sie von ihrem Leid zu erlösen und in ein Krankenhaus zu bringen (Papas Worte vom Annähen des Fingers ließen mich hoffen, dass er uns das gestatten würde), dann aber auch, um uns selbst zu schützen, denn natürlich hatte er uns eine Strafe angedroht, falls wir das Mädchen nicht finden sollten. Und diesmal hatte er die Strafe sogar konkretisiert: *»Scheitert ihr, wird das einen von euch beiden ebenfalls einen Finger kosten. Mindestens.«*

Mit dem Nachhall der Drohung in den Ohren erreichten wir die Anlegestelle.

»Ich hasse diese Insel«, sprach Mark meine Gedanken aus.

Der See wirkte heute Nacht wie ein düsteres Meer, horizontlos und rau, mit schnellen Wellen, die sich brachen und deren schäumende Gischtkronen für die einzigen hellen Tupfer auf der ansonsten dunklen Oberfläche sorgten.

Die windbewegten Schilfhalme schienen sich vor dem Wasser ehrfürchtig zu verneigen. Das Blätterrauschen der Uferbäume verschluckte jedes andere Geräusch. Auch das unserer Füße auf den morschen Planken.

»Puh, stinkt das.«

Mark hielt sich die Nase zu.

Der Duft nach Tang und Algen war sehr viel intensiver als gestern, die größte Veränderung aber lag angebunden am Kopfende des Stegs und schaukelte im Rhythmus der Wellen: das Boot. Anders als das, mit dem wir hergekommen waren, hatte es einen Motor und ein kleines Dach.

Ein Blick genügte, um zu sehen, dass sich niemand an Deck befand, allerdings glänzten die hellen Kunstlederauflagen der Sitzbank hinter dem Steuerrad seltsam metallisch.

Natürlich steckte auch kein Schlüssel in der Zündung, weshalb sich die Frage, ob wir mit dem Boot fliehen sollten, gar nicht erst stellte.

Mark öffnete den Rucksack, um die Taschenlampe zu entnehmen, und pfiff durch die Zähne.

»Was?«, fragte ich.

»Diesmal haben wir auch eine Säge dabei.«

Er zeigte mir das grobzackige Teil mit dickem Plastikgriff.

»Mit der sollten wir ihm bei nächster Gelegenheit den Kopf abschneiden.« Mark steckte die Säge wieder weg und richtete mit der Taschenlampe den Lichtkegel auf die Sitzkissen auf dem Boot.

»Sieht wie Blut aus«, sagte ich. »Und das spricht dafür, dass er ihr auf dem Festland, spätestens auf dem Boot den Daumen abgeschnitten hat.«

Ich erinnerte mich an das Schnarren der Feder von der Gartenschere vorhin und hatte wieder einen metallischen Geruch in der Nase.

Ritsch. Ratsch.

»Okay, Sherlock«, höhnte Mark, »kannst du jetzt anhand der Windrichtung, des Luftdrucks und der Art des Knotens, mit dem die Kiste vertäut ist, auch die Koordinaten ihres Verstecks errechnen?«

Ich zeigte ihm den Mittelfinger, dann nahm ich ihm die Taschenlampe ab.

Der Boden glänzte ebenfalls ölig, aber das lag nur am Regenwasser, das in die Bohlen drang. Außerdem interessierte mich etwas anderes als Blut, und tatsächlich wurde ich fündig.

»Siehst du das?«

»Die Kratzer?«

Ich schüttelte den Kopf. »Keine Kratzer. Eher Schleifspuren.«

Mark kniete sich hin, strich mit der Handfläche über das Holz und nickte.

»Kannst recht haben. Aber wieso sollte er Sandy über den Boden gezerrt und nicht getragen haben? Papa ist stark wie ein Bulle, und sie wiegt einen Fliegenschiss.«

Ich schirmte meine Augen mit der Hand vor dem Regen ab und fragte mich, wer von uns beiden hier der kleinere Bruder war. Auch wenn Mark das handwerkliche Geschick geerbt hatte und ich eher nach meiner Mutter kam, mit ihrer nachdenklich analysierenden Art, war er dennoch nicht schwer von Begriff und hätte sich die Antwort eigentlich selbst geben müssen: »Lektion zwei«, sagte ich. »Er will, dass wir Spuren finden und die Fährte aufnehmen.«

»Du meinst ...« Er stockte. »Du meinst, Papa hat es für uns getan. Damit wir es einfacher haben. So wie mit ...«

Er vollendete den Satz nicht.

Ja, so wie mit der Katze, die er für uns aussetzte, damit wir ein Opfertier finden, hat er Sandy über die Bohlen gezogen, damit wir die Schleifspuren finden.

Langsam verfolgten wir die Doppelrinne, die ihre Schuhe auf den vorhin noch trockenen Bohlen hinterlassen haben mussten, bis zum Ende des Stegs. Hier setzte sich die Spur im Sand fort, nur dass die Rillen jetzt mit Wasser gefüllt waren und bereits verschwammen.

»Sieh mal hier.« Mark wies mit der Lampe auf einen Strauch, der seltsam zerzaust wirkte. Ich löste den Stofffetzen, der sich in seinen Dornen verfangen hatte. Es fühlte sich wie T-Shirt-Stoff an.

In stummer Übereinkunft stiegen wir über den Strauch hinweg ins Unterholz und entdeckten einen zweiten Trampelpfad, der parallel zum Ufer verlief. Hier konnten wir keine Schleifspuren mehr sehen, dafür hatten Papas Stiefel tiefe Abdrücke hinterlassen, was wir als Zeichen werteten, dass er Sandy ab hier getragen hatte.

Der Wind wuchs zu einem handfesten Sturm heran, und ich hatte Sorge, von herabfallenden Ästen getroffen zu werden.

Im Prinzip verlief unsere Suche ziemlich unspektakulär, abgesehen von der Tatsache, dass wir hinter jedem Strauch und Baumstamm den Anblick von Sandy erwarteten, die uns flehend ihre verstümmelte Hand entgegenstreckte. Wir sahen und hörten Gespenster: Feuchte Flecken auf dem Boden deuteten wir als Blut, spitze Schreie von aufgescheuchten Vögeln kamen in unserer Phantasie aus dem weit aufgerissenen Mund des Mädchens.

Zeitgleich waren wir uns sicher, zu spät zu kommen. Sie reglos und leichenblass auf dem Boden liegend zu finden, verblutet, kurz bevor wir sie entdeckten.

Natürlich kam es ganz anders, wenn auch nicht weniger schrecklich, und um ein Haar hätte ich ihr Schicksal sogar geteilt.

Es geschah kurz vor einer kleinen Lichtung, vor der sich der Weg gabelte, als Mark neben mir mit dem Fuß an einer Wurzel hängen blieb und erst in letzter Sekunde ein Stolpern verhindern konnte. Ich wollte gerade eine Bemerkung über seine Ungeschicklichkeit machen, als er so laut schrie, dass sich mir meine Blase zusammenzog.

»Was zum Teufel …?«, schrie ich zurück, mitten in der Bewegung erstarrt, der rechte Fuß schwebte buchstäblich noch in der Luft.

Minen, war mein erster, völlig irrationaler Gedanke, aber es hatten so viel Angst und Panik in Marks Schrei gesteckt, dass ich für eine Sekunde ganz fest davon ausging, dass es meinen Körper bei der nächsten Bewegung in Fetzen zerreißen würde. Und ganz so falsch lag ich gar nicht mal mit meiner Vermutung.

»Das ist keine Wurzel«, keuchte Mark, ebenfalls in seinen Bewegungen eingefroren.

»Sondern?«

»Ein Draht! So wie aus dem Rucksack.«

Ich sah nach oben, in den schwarzen Himmel, aus dem es nicht mehr schüttete. Nur noch Nieselregen traf meine Stirn.

In Filmen hatte ich oft gesehen, wie Abenteurer, die in eine Dschungelfalle tappten, von einem Netz gefangen wurden, das sich aus dem Baumwipfel über ihnen löste, sobald man über einen Draht stolperte. Doch das war hier nicht der Fall. Über uns war nichts als Himmel.

Ich überlegte, ob ich es wagen konnte, meinen Fuß abzusetzen, als der Boden vor meinen Füßen plötzlich verschwand.

»Hilfe!« Diesmal war ich derjenige, der um sein Leben schrie. Dabei war das, was gerade passierte, gar nicht mal lebensbedrohlich, jedoch so unwirklich, eigentlich sogar phantastisch, dass mir ein Schauer über den Rücken lief, der sich anfühlte, als ob Hunderte winzige Rattenbabys über meine Wirbelsäule trippelten.

Ich wagte einen Blick über die Schulter und sah meinen Bruder mit dem Draht in der Hand. Er zog an ihm, holte ihn Meter um Meter ein, wie eine Angelschnur.

»Sieh nur«, forderte er mich auf, und jetzt erkannte ich den Zusammenhang, als er auf den Boden leuchtete, dorthin, wo das Erdreich vor meinen Füßen wie von Geisterhand verschwunden war und jetzt ein tiefes Loch klaffte, so groß, dass man gut und gerne einen Kleinwagen darin versenken könnte.

Oder natürlich einen Menschen.

33. Kapitel

Der Mechanismus war simpel.

Der Draht war mit einer Klappe verbunden, die sich wie eine Falltür nach unten öffnete, sobald man an ihr zog. Da Papa sie geschickt mit Ästen und Laub getarnt hatte, war sie uns in der Dunkelheit nicht aufgefallen. Nur einen Schritt mehr, nur einen Meter weiter vorne, und ich wäre in sie hineingefallen, als Mark über den Auslösemechanismus stolperte.

Mein Herz raste immer noch, als wir uns dazu aufgerafft hatten und an den Rand der Falle krochen.

Irgendwo hatte ich einmal Bilder von einer Ausgrabungsstätte gesehen, irgendwo in Italien, wo vor Jahrhunderten ein Vulkan ausgebrochen war, und das so plötzlich, dass die Menschen mitten während der Verrichtung alltäglichster Handlungen von der Asche für die Ewigkeit konserviert worden waren: beim Essen, Schlafen, Arbeiten, sogar beim Sex. Sie wurden von den Archäologen sitzend, liegend, stehend oder ineinander verschlungen gefunden, und an jene Bilder erinnerte mich Sandys Anblick, kaum dass das Licht unserer Taschenlampe ihren gekrümmten Rücken traf.

Sie war nackt, jedenfalls soweit wir es von hier oben aus erkennen konnten, und hockte mit angezogenen Knien, um die sie beide Arme geschlungen hatte, etwa zwei Meter unterhalb von uns. Sie rührte sich nicht, auch nicht, als ich ihren Namen rief.

»Ist sie …?«

Mark schluckte das Wort mit den drei Buchstaben wieder herunter, und auch ich wagte nicht auszusprechen, was ich dachte. Unsere Befürchtungen waren jedoch unbegründet.

Es war ein kleiner Klumpen Erde, der Sandy aus ihrer Paralyse riss. Er löste sich unter meinen Turnschuhen, kaum dass ich aufgestanden war, ohne zu wissen, was ich als Nächstes tun sollte, traf sie zwischen den Schulterblättern, und die Kleine reagierte, als hätte ich einen Sack Pflastersteine auf sie gekippt.

Sandy schrie, nicht gequält, sondern viel schlimmer. Die Laute, die aus ihrem Mund quollen, hatten kaum noch etwas Menschliches an sich. Gleichzeitig ließ sie sich zur Seite kullern, halb auf den Rücken, wobei ihr linkes Bein seltsam angewinkelt blieb.

»Sie ist angekettet«, stellte ich fest. Mark schüttelte den Kopf.

»Nein.«

»Doch, sieh nur.« Ich zeigte auf die Kette am Boden.

Mein Bruder beharrte dennoch darauf, dass ich mich irrte. Sandys Schreie wurden etwas schwächer und mischten sich mit dem Rauschen des Windes, als Mark mir erklärte: »Das ist eine Falle.«

»Ja, das seh ich, großer Bruder.«

»Nein, ich meine nicht die Grube. Sondern das Eisen.«

Er leuchtete auf Sandys Knöchel, und jetzt sah ich es auch. Eine Zange hatte sich in ihren linken Fuß verbissen, und auch das kannte ich aus Filmen: ein Wildeisen, dessen Zähne tief in den Knochen drangen und das selbst die stärksten Männer nicht mit beiden Händen auseinanderziehen konnten.

»Wir müssen sie da rausholen«, sagte ich, ohne zu wissen, wie wir das anstellen wollten. Ich ließ den Rucksack neben die Grube sinken, und in diesem Moment kam uns nahezu gleichzeitig der gleiche Gedanke.

»Die Säge!«, sagte ich.

»Das Seil«, ergänzte Mark.

Hektisch riss ich den Rucksack auf und holte beides aus ihm heraus. Mark leuchtete derweil die Umgebung ab.

Wir suchten nach einem Fixpunkt, an dem wir das Seil befestigen könnten, allerdings standen Bäume und Sträucher zu weit weg, weshalb klar war, dass sich einer von uns das Seil um die Hüfte wickeln und festhalten musste, während der andere sich zu Sandy herabließ. Und da Mark der stärkere von uns beiden und ich der kleinere und damit leichtere war, kam letztere Aufgabe auf mich zu.

Eine weise Entscheidung. Der Plan ging auf. Jedenfalls jener Teil, der vorsah, dass ich wohlbehalten dort unten ankommen sollte. Anders sah es damit aus, Sandys Fußfessel durchzusägen, damit Mark uns einer nach dem anderen wieder hochziehen könnte.

Unten in der Grube redete ich als Erstes beruhigend auf Sandy ein, obwohl sie mich offenbar nicht zur Kenntnis nahm, denn sie zeigte keinerlei Reaktion auf meine Anwesenheit, nicht einmal, als ich ihr über den Kopf strich. Ihre linke Hand war mit dreckigen, von Blut und vielleicht Eiter durchgesuppten Leinenfetzen umwickelt, das einzige Stück Stoff, das sie am Leibe trug. Ich hatte natürlich keine Ahnung auf dem Gebiet, aber ich konnte mir nicht vorstellen, dass diese Verstümmelung irgendwie wieder rückgängig zu machen wäre. Und wenn ich mir die Wunde ansah, die das Eisen im Bein hinterlassen hatte, konnte ich mir noch weniger vorstellen, dass Papa Sandy jemals in ein Krankenhaus lassen würde.

»Nun mach schon!«, drängte mein Bruder mich zur Eile, und ich setzte die Säge an.

Keine Chance. Die Kralle war aus hartem Stahl. Eher brach das Werkzeug, als dass ich dem Fangeisen auch nur einen tiefen Kratzer zufügen konnte.

»Und jetzt?«, rief ich nach oben und bekam keine Antwort.

»Hallo? Mark?«

Nichts. Nur Dunkelheit und Leere. Meine Rufe verhallten in einem schwarzen Loch. Mark war verschwunden, und mir schnürte es die Kehle zu.

»Es tut so weh«, keuchte Sandy ihren ersten Satz, und ich nickte. Verstand genau, was sie meinte.

34. Kapitel

Mit Sandy allein im Loch zu sein, fühlte sich wie Stunden an, dabei waren es ganz sicher nicht einmal fünf Minuten gewesen, aber nichts bremst den Fluss der Zeit so sehr wie Angst oder Schmerz. Und mit diesen beiden Zutaten war die Grube so prall gefüllt wie ein Bierfass kurz vor dem Anstich. Die Qualen, die Sandy litt, und die Furcht, die mich erfüllte, hier unten ganz alleine zu verrecken, nahmen so viel Raum ein, dass ich das Gefühl hatte, hier in der Enge von meinen Gefühlen erdrückt zu werden.

Natürlich wusste ich, dass Mark uns nicht im Stich lassen und Hilfe holen würde. Aber die einzige lebende Hilfe auf dieser Insel war ein Dämon, der sich den Körper meines Vaters als Unterschlupf gesucht hatte, und auf den wollte ich lieber verzichten.

Ich habe also keine Ahnung, wie lange es dauerte, bis wir nicht mehr allein waren, ich weiß nur, dass ich irgendwann ein Lied hörte. Ein Kinderlied, das Mama für uns vor dem Einschlafen gesungen hatte und das nun in der Dunkelheit wie ein grauenhafter Tinnitus zwischen meinen Ohren summte: »La, le, lu, nur der Mann im Mond schaut zu …« Mein panikerfüllter Kopf ergänzte in Gedanken: »… wenn die kleinen Kinder sterben. Komm, stirb auch du.«

Es war beim dritten Refrain, gerade als Sandy neben mir

wieder in Ohnmacht gefallen war, jedenfalls ging ihre Atmung etwas ruhiger, und sie schnarchte sogar, da knisterte es über meinem Kopf. Als Nächstes schossen mir Blitze durch die Augen ins Gehirn. Der Strahl von Papas Taschenlampe war noch um einiges heller als der aus der Lampe, die er uns anvertraut hatte.

»Ich bin enttäuscht«, sagte er statt einer Begrüßung.

»Papa?«, fragte ich.

»Nein. Ich bin Wolfgang Lippert, und du bist bei *Wetten, dass …?*« Er lachte zynisch. »Leider hast du die Saalwette verloren und es nicht geschafft, das Mädchen aus dem Versteck zu befreien, weswegen …«

»Aber wir haben sie gefunden …«, protestierte ich und begann vor Erschöpfung zu schluchzen. Argumentierte ich wirklich gerade mit meinem Vater über unsere »Lektionen«, während neben mir ein Mädchen hockte, das er verschleppt, ausgezogen, verstümmelt und mit dem Fuß in eine Falle gesteckt hatte?

»Bitte, Papa, lass uns gehen«, flehte ich. Ich stand auf, streckte ihm meine Hände entgegen. Da er mir immer noch direkt ins Gesicht blendete, konnte ich ihn nicht sehen.

»Was macht ein Tier in der Falle?«, hörte ich ihn fragen.

»Was?«

»Ihr seid hier, um zu lernen, und auch das ist eine Lektion, die man euch in der Schule vorenthält: sich aus ausweglosen Situationen zu befreien.«

»Papa, ich verstehe nicht …«

»Gut, dann spreche ich lauter: WAS MACHT EIN TIER, WENN ES IN EINE SOLCHE FALLE GERÄT?«

Ich ballte die Fäuste. Wut, eine angenehme Abwechslung meines Gefühlszustands. Besser als Angst.

»Es kämpft um sein Leben?«

Ich wusste nicht, was er hören wollte, wusste es wirklich nicht.

»Genau. Um jeden Preis. Also, sag es mir, Simon: Welchen Preis müsste Sandy zahlen, um sich selbst zu befreien?«

Er leuchtete auf ihren linken Knöchel.

Erstarrt, unfähig ihm die passende Antwort zu geben, sah ich auf das Fangeisen.

Das ist nicht sein Ernst. Das kann er nicht wirklich wollen.

»Ganz genau«, sagte Papa, der meine starre Körperhaltung richtig interpretierte. »Wenn ein Fuchs in eine solche Falle gerät, dann beißt er sich den Lauf ab, verstehst du das?«

Er machte eine unheimliche Pause, in der ich nichts hörte, außer Sandys Atem neben mir.

»VERSTEHST DU?«, brüllte er wieder.

Ja, ja natürlich tat ich das. Ich wollte es nur nicht glauben.

Die Handsäge in unserem Rucksack war nicht für das Metall bestimmt gewesen, sondern für etwas sehr viel Weicheres.

Für Knorpel, Sehnen, Muskeln und Knochen.

35. Kapitel

Ich will niemandem etwas vormachen, am wenigsten mir selbst. Ich habe es nicht versucht, nicht einmal in Gedanken. Einen Fuß? Abtrennen? Einem anderen Menschen?

Na klar!

Zeigen Sie mir den Dreizehnjährigen, der die Hand hochreißt und sagt: »Ich will, her mit der Säge!«

Damals war ich nicht so kaputt. Damals war das Zentrum in meinem Gehirn, das für die Empathie zuständig ist, noch nicht so vergiftet, dass es mir gleichgültig gewesen wäre, einem anderen Menschen Leid zuzufügen, zumal in der Ungewissheit, ob die Amputation irgendetwas an dieser grauenhaften Lage änderte. An meiner, an Marks und natürlich an der von Sandy, deren Risiko zu verbluten sich noch einmal potenzieren würde, sobald die Säge ihren ersten Schnitt täte.

Also legte ich das Werkzeug weg und versuchte das Unmögliche, nämlich die Zange mit bloßen Händen auseinanderzuziehen, und tatsächlich gelang es mir auch für wenige Millimeter, bis ich das Gefühl hatte, die Anstrengung würde mir von innen die Augäpfel aus den Höhlen drücken. Sandy schrie, als die Kralle wieder zuschnappte. Aber sie blieb bei Bewusstsein. Ihre Augen funkelten. Es schien das einzig Lebendige an ihr.

»Na schön, du willst es also nicht anders«, hörte ich Papa rufen. Er klang gleichzeitig enttäuscht und wütend.

»Was will ich?«, schrie ich, noch einmal wütender als vorher.

»Lektion sechs: Du kannst nicht den Kuchen behalten und essen.«

Ich schwöre, zu diesem Zeitpunkt hatte ich keine Ahnung, was er mir damit sagen wollte. Erst Jahre später, in der Psychotherapie, meinte einer jener Hirnklempner, die sie auf mich losließen *(ich glaube, sein Name war Trunk, und er war einer der Gutachter des Bewährungsausschusses)*, es wäre eine Umschreibung für: »Man muss etwas aufgeben, um etwas zu gewinnen.«

Und das passt irgendwie, wenn ich daran denke, was Papa als Nächstes sagte: »Entweder sie oder dein Bruder. Entscheide dich, was dir wichtiger ist.«

»Wichtiger?«

Ich sah zu Sandy, dem sterbenden Mädchen (so sah sie jedenfalls für mich aus), von der ich gerade einmal den Namen wusste, dann dachte ich an meinen Bruder, mit dem ich mein ganzes Leben geteilt hatte, und die Entscheidung lag auf der Hand.

»Nimm mich«, schrie ich, in der Hoffnung, dass es das war, was Papa hatte hören wollen. »Nimm mich, und lass die anderen nach Hause.«

Nichts.

Meine Worte erhoben sich aus dem Versteck in die dunkle, immer noch nieselige Nacht, und ich bekam keine Antwort.

Ich hatte plötzlich das unbestimmte Gefühl, dass gleich etwas noch Schlimmeres passieren würde, und als ich einen Schatten über meinem Kopf bemerkte, direkt neben Papas schemenhafter Silhouette, zog ich den Kopf ein und duckte mich, direkt neben Sandy an die lehmige Wand. Ich hörte

Papa lachen, und als ich merkte, dass das Wurfgeschoss mich nicht getroffen hatte, sah ich wieder nach oben. Der Schatten war näher gekommen und baumelte fast in Griffweite über meinem Kopf.

Eine Sekunde später hatte ich den Bastkorb in meiner Hand und zog ihn zu mir nach unten, genau in dem Moment, in dem die Taschenlampe mir wieder direkt auf den Kopf strahlte.

Ich entfernte das Tuch, das den Inhalt bedeckte. Nahm die Glasspritze in die Hand, den einzigen Gegenstand, den der Korb transportiert hatte. Sie fasste ein Volumen von zehn Millilitern und war halb gefüllt mit einer durchsichtigen Flüssigkeit.

»Was soll ich damit?«, schrie ich nach oben.

Diesmal ließ die Antwort nicht auf sich warten.

»Benutz sie. Und du wirst sehen, ob du die richtige Entscheidung getroffen hast, mein Sohn.«

36. Kapitel

Das Erste, was ich wahrnahm, war der Geruch. Den Duft der Angst, wie ich ihn seither bezeichne, und damit bin ich vermutlich der Einzige auf der Welt, denn ich kann mir nicht vorstellen, dass es noch andere gestörte Seelen gibt, denen sich ein eiserner Panikring um die Brust legt, wenn sie gezwungen sind, an einer Tankstelle Halt zu machen. Benzin, Diesel, Öl, ganz egal welche dieser Flüssigkeiten, ihr Gestank lässt mich mehr erschauern als eine Nacht auf dem Friedhof.

An jenem frühen Morgen im Juli 1993 sorgte er aber erst einmal nur für Übelkeit, wobei die auch von dem Betäubungsmittel hergerührt haben mochte, das ich mir selbst in der Grube gespritzt hatte.

Mangels einer Uhr am Handgelenk wusste ich nicht, wie lange ich bewusstlos gewesen war, nur dass es einige Stunden gewesen sein mussten, denn die Öllampen brannten nicht mehr, und das Tageslicht reichte aus, um das »Klassenzimmer« zu erhellen.

Als ich die Augen aufschlug und meine Arme nicht bewegen konnte, dachte ich im ersten Moment, der Irre hätte mich an den Holzstuhl gefesselt, aber dann stellte sich ein Kribbeln ein, und ich merkte, dass sie nur noch bleiern waren und es einige Zeit dauern würde, bis sie sich nicht mehr wie taub anfühlen würden. Vielleicht hatte Papa sie auch während des Transports aus der Falle zusammengebunden, das würde zumindest die Striemen an meinen Handgelenken erklären.

Ich hob den Kopf und sah mich um.

Als Erstes entdeckte ich meinen Vater, direkt vor der Eingangstür zur Hütte. Er hielt ein Ende des Gartenschlauchs in der Hand. Der Schlauch selbst zog sich durch den Mittelgang und verschwand in der Bodenluke, unter der vermutlich unsere Brennstoffvorräte gelagert waren, weshalb es hier so bestialisch nach Diesel stank.

»Na, aufgewacht?«, rief er. Seine Haare standen ihm wie elektrisiert vom Kopf ab, und ich dachte: *Hoffentlich springen keine Funken von seinem Schädel, sonst brennt hier die ganze Bude ab.*

»Bist du bereit?«

Ich blinzelte und versuchte den schlechten Geschmack in meinem Mund herunterzuschlucken, aber der Geruch hatte sich schon auf meiner Zunge festgesetzt.

»Bereit wofür?«

Die Antwort, die ich bekam, war ein Stöhnen, jedoch nicht von meinem Vater, der grinste nämlich so schief wie Billy Idol, sondern es war Mark. Sein erstes Lebenszeichen.

Mein Kopf wanderte nach links zu einem Stützbalken, der vom »Klassenzimmer« nach oben durch die Decke lief. Ich erinnerte mich, dass wir ihn eine Etage höher unter dem Dach dafür genutzt hatten, die Lampe aufzuhängen.

Jetzt, im Erdgeschoss, sah ich an ihm den Rücken und Hinterkopf meines Bruders lehnen. Er war mit nach hinten verschränkten Armen gefesselt, wie der Feind an den Marterpfahl eines Indianers.

»Keine Sorge, ihm geht's gut«, sagte Papa, der meinen Blick aufgefangen hatte. »Noch«, fügte er lachend hinzu.

»Was hast du vor?«, wagte ich ihn zu fragen.

Papa schüttelte den Kopf und legte den Zeigefinger auf seine Lippen. »Ich stelle jetzt die Fragen.«

Mein Bruder stöhnte erneut, doch ich konnte meinen Blick nicht von meinem Vater nehmen, der langsam näher kam, ohne den Gartenschlauch aus der Hand zu legen. Wenn die Augen der Eingang zur Seele sind, dann standen die Türen des Wahnsinns sperrangelweit offen.

»Du willst dich also opfern?«, fragte er. Seine Kiefer mahlten.

Ich zuckte mit den Achseln.

»Wie feige«, sagte er lakonisch.

»Feige?«

»Selbstmord ist der Ausweg des schwachen Mannes.«

Papa blieb neben der Bodenluke stehen und sah in sie hinein.

»Wusstest du, dass es eine Zeit gab, in der Suizid verboten war?« Er blickte wieder zu mir. »Ich rede hier nicht von moralisch verboten, von den Tunten im Vatikan, sondern richtig per Gesetz. In England zum Beispiel vor sehr langer Zeit. Wenn dort jemand bei einem Selbstmordversuch gescheitert war, hat man ihn in den Kerker gesteckt und nach kurzem Prozess enthaupten lassen.«

Er rollte mit den Augen.

»In eurem Geschichtsunterricht wird das als lustige Anekdote erzählt, Todesstrafe für Selbstmörder, ha, ha, ha, als wäre das ein skurriler Beweis für die Rückständigkeit unserer Vorfahren. Dabei ist das die einzige Art und Weise, wie man mit Schlappschwänzen verfahren darf, die sich feige aus dem Leben stehlen wollen.«

Papa wedelte mit dem Schlauchende in seiner Hand in meine Richtung.

»Ich wäre mit diesen Bastarden sogar noch weiter gegangen. Hätte mir ihre Familie geholt, ihren Vater, ihre Mutter, Kinder, Ehefrau, und sie gegen einen davon kämpfen lassen. Blut gegen Blut.«

Er schrie jetzt beinahe. Sein Kopf war so rot wie der von Sandys Mutter beim Putzen.

»Denn Selbstmord ist keine Entscheidung, sondern eine Flucht. Und Flucht ist immer die Wahl des Feiglings. Kampf hingegen die erste Wahl des Mannes. Verstehst du?«

»Nein«, weinte ich. »Ich versuche es, Papa. Wirklich. Aber ich verstehe es nicht. Wenn du mich bestrafen musst, dann tu es doch.«

Er riss ungläubig beide Augen auf, so weit, dass ich glaubte, es in seinen Augenhöhlen knacken zu hören.

»Ich? Dich bestrafen? Aber damit treffe *ich* doch die Entscheidung und nicht du. *Ich* führe die Hand, die du faul ruhen lässt. So habe ich dich nicht erzogen. So will ich dich nicht erziehen!«

»Aber was soll ich denn dann tun?«, schluchzte ich.

Jetzt brüllte er wirklich. Mehr als das. Er stülpte förmlich seine Lunge nach außen:

»WORÜBER REDEN WIR DENN DIE GANZE ZEIT?«

Speichel tropfte ihm vom Kinn. Er schlug sich mit der Faust an die Stirn.

»TRIFF EINE ENTSCHEIDUNG!«

»Ich verstehe ...«

»SIE ODER DEIN BRUDER!«

Er musste husten, dann, etwas leiser: »Ich hab es dir schon an der Falle gesagt.«

Ich zog die Nase hoch. »Und wie, wie kann ich mich entscheiden?«

»Das, mein lieber Simon, ist die erste vernünftige Frage, die du im Unterricht gestellt hast. Pass auf.«

Er stand gut zweieinhalb Meter entfernt, trotzdem konnte ich die Galle riechen, die er beim Schreien aufgestoßen hatte.

»Diese Sandyschlampe, an der dir ja viel zu liegen scheint, sitzt bereits im Boot. Gefesselt zwar und mit großen Schmerzen, aber der Schlüssel steckt. Ich lass dich zu ihr, ich schwöre es, und du kannst sie nach Hause fahren. Aber zuvor …«, er zeigte hinter sich, auf Mark, der am Balken hängend einmal blinzelte, »… zuvor benutzt du das hier.«

Er hielt etwas in seiner Prankenhand, das er aus seiner Jeans gezogen hatte und das wie eine Zigarettenpackung aussah, genauso breit, aber etwas länglicher. Ich konnte nicht erkennen, was er mir geben wollte, deshalb mobilisierte ich alle meine Kräfte und stand auf.

»Ja, komm ruhig näher, sieh es dir an.«

Bei meinem Weg durch das Klassenzimmer musste ich mich an den Stuhllehnen entlanghangeln, so schwach war ich auf den Beinen. Zudem musste ich aufpassen, nicht in das Bodenloch in den Dieseltank zu fallen.

Als ich Mark erreicht hatte, war ich entsetzt über sein aufgequollenes Gesicht. »Um Himmels willen«, entfuhr es mir, als ich direkt vor ihm stand. Er war bewusstlos, schien von einem Albtraum beherrscht, der seinen Körper vibrieren und seine Kehle stöhnen ließ.

Im ersten Augenblick dachte ich, mein Bruder hätte sich eingenässt, als ich den Fleck zwischen seinen Beinen sah. Dann dachte ich, er hätte Schüttelfrost, so viel kalter Schweiß, wie ihm die Stirn herablief und von den Augenbrauen perlte. Erst dann merkte ich, dass der Geruch hier viel intensiver war als direkt vor der Luke, und da wurde mir klar, was unser Vater getan hatte.

»Ich hab ihm eine kleine Dieseldusche verpasst«, bestätigte er meine furchtbare Vermutung. Jetzt sah ich auch, was das für eine Schachtel in der Hand meines Vaters war.

Er öffnete sie und holte ein Streichholz heraus. Es war etwa dreimal so lang wie das, mit dem er sich auf dem Boot seine Zigarette angezündet hatte, vermutlich ein Zündholz für Kamine.

»Witzig, dass so ein kleines Stück Zellulose, das nicht einmal einen läppischen Pfennig kostet, all unser Leben für immer verändern kann«, sagte er und entzündete den Schwefelkopf an der Reibefläche.

»Nimm es!«, befahl er mir und hielt mir das brennende Streichholz entgegen.

Ich rührte mich nicht.

»Nimm es, Junge. Sofort.«

Ich schüttelte den Kopf.

»Hör mir gut zu. Es brennt noch etwa fünfzehn Sekunden. Wenn du es auspustet, fahren wir nach Hause. Mark und dir geschieht nichts.«

»Und Sandy?«

»Sandy darf auch fahren. Nur dass ich ihr vorher den Reservekanister im Boot über den Kopf kippe und sie brennend zum nächsten Ufer segeln lasse.«

»Das machst du nicht!«

»Bist du dir da sicher?«

Nein, war ich mir nicht.

»Zehn Sekunden«, drohte er mir. Die Flamme am Kopf des Zündholzes zitterte in seinem Atem.

»Nimm es, Simon. Ich schwöre dir, wenn du so lange wartest, bis es mir meine Finger ansengt, dann werde ich

Mark *UND* die Schlampe anzünden. Himmel, Herrgott. Nimm endlich das Streichholz und triff eine Entscheidung wie ein Mann. Pusten oder werfen? Die Schlampe oder dein Bruder, so schwer kann das ja wohl nicht sein?«

Fünf Sekunden, dachte ich, als sich die Flamme in das letzte Drittel des Zündholzes fraß. Ich hörte Mark wieder stöhnen, erinnerte mich an die Schreie von Sandy, aber auch von dem namenlosen Kätzchen, und streckte die Hand aus. Sah das schiefe Lächeln meines Vaters, die Pranke, die die Gartenschere geführt und Mark die Klinge an den Hals gesetzt, ihn gefesselt hatte – nahm das Streichholz ... und traf meine Entscheidung!

37. Kapitel

Der Tritt war nicht besonders kraftvoll, aber er traf ihn dort, wo es keiner großen Kraft bedarf, um ein Maximum an Wirkung zu erzielen, direkt zwischen den Beinen.

Papa krümmte sich, beugte sich mit dem Kopf nach vorne, fiel quasi auf mein Knie, das ich nur noch nach oben reißen musste. Knochen knirschten, der Kiefer brach, doch Papa hob nur den Schädel und lachte, während er zu Boden sank. Jedenfalls glaubte ich ihn lachen zu hören, sicher war ich mir nicht, denn in meinem Kopf übertönte eine andere Stimme alle Laute von außen. Eine hohe, schrille, zornige Wutstimme, die fortwährend schrie: *»La, le, lu, einer von uns brennt im Nu!«*

Und dann spürte ich den Schmerz. Das Brennen an meinen Fingerkuppen. Die Flamme hatte beinahe mein Fleisch erreicht. Doch ich ließ das Streichholz nicht los.

Nicht, als ich meinem Vater, der wieder aufgestanden war, ein zweites Mal in die Eier trat. Nicht, als ich mich zu Boden warf und ihm mit meinem Fuß die Beine wegangelte, sodass er nach hinten knallte. Und auch nicht, als ich ihm den letzten, entscheidenden Tritt gab. Der, der ihn in die Öffnung trieb, in die er beinahe von alleine rutschte. Erst, als er lachend in der Bodenluke verschwand, ließ ich das Streichholz fallen.

Und warf es meinem Vater hinterher.

38. Kapitel

Das Irritierende war die Stille, die danach einsetzte. Weder mein Papa unten noch Mark hinter mir gaben einen Laut von sich. Mein Bruder nicht einmal, als ich seine Fesseln löste (mit der Gartenschere, die noch immer neben der Katze auf dem Tisch gelegen hatte).

Keine Ahnung, weshalb schlaffe Körper auf einmal ihr Gewicht verdoppeln, jedenfalls hatte ich das Gefühl, dass es mir meine Bandscheiben zermalmte, als ich meinen Bruder mit der Schulter hochdrückte und mehr schwankend als gehend die Hütte verließ.

Ich kam nicht sehr weit, da musste ich die erste Pause einlegen und Mark wieder absetzen. Ausgerechnet jetzt hatte der Regen aufgehört, und die Sonne brannte, als ob es Mittag in der Wüste wäre. Weder Wind noch Wolken sorgten für Schatten oder gar Abkühlung. Und plötzlich wurde es noch wärmer. Und heller.

Ich drehte mich um und fiel beim Zurückweichen vor Schreck rücklings über die Beine meines bewusstlosen Bruders.

In der Tür stand mein Vater. Oder besser gesagt, etwas, was mein Vater hätte sein können. Der von Flammen eingehüllte Körper war eine lebende Fackel. Ich wollte meine Augen abwenden, konnte aber den Blick nicht von dem Feuerball reißen, der vor die Hütte taumelte. Die Hände, an denen gelbrote Flammen leckten, vor das schmelzende Gesicht gerissen, und noch immer hörte ich keine Schmerzensschreie. Da war nichts, außer dem Zischen des verbrennenden Fett- und Muskelgewebes und natürlich der Geruch. Erstickend süßlicher Gestank, schlimmer als alles, was ich in meinem Leben zuvor gerochen hatte.

Papa brach nur wenige Meter vor mir zusammen und blieb bäuchlings liegen. Sein Schädel war bereits schwarz, völlig verkohlt, aber sein Brustkorb hob und senkte sich noch, und erst in dieser Sekunde stellte ich mir die Frage, wie er es überhaupt aus dem Loch geschafft hatte und ob auch das Klassenzimmer hinter ihm in Flammen stand. Noch konnte ich durch die offene Tür kein Flackern erkennen, aber vielleicht breitete sich ja ein Schwelbrand aus, und ich wollte unter Garantie nicht in der Nähe sein, wenn uns das ganze Ding um die Ohren flog, also schulterte ich erneut meinen Bruder und schaffte es sogar, mit ihm auf dem Rücken den Hügel hinaufzurennen und darüber hinaus, so lange, bis ich stolperte und gemeinsam mit ihm den Abhang wieder hinunterkugelte, fast bis zu dem Beginn des Trampelpfads, dort, wo man die Bäume auseinanderdrücken musste, um zum Steg zu gelangen.

Der Sturz hatte Mark endlich aufgeweckt (bis heute weiß ich nicht, ob er bewusstlos geschlagen worden war oder ob Papa ihm auch etwas gespritzt hatte), und nach einer kleinen Verschnaufpause hörte ich eine dumpfe Explosion.

Von der Inselmitte stieg starker Qualm auf.

Von da ab konnte Mark auf eigenen Beinen weiter zum Steg laufen.

Vater hatte nicht gelogen.

Sandy saß tatsächlich auf der Passagierbank, neben einem Reservekanister. Ihre Hände waren ebenso wie die Beine mit einem Strick zusammengebunden, und die Knoten waren so fest, dass weder ich noch Mark sie mit bloßen Fingern lösen konnten. Aber da sie schlief oder bewusstlos war, machte es auch nichts aus, dass sie die ganze Überfahrt bis zum Ufer gefesselt blieb. Mark musste einzig und allein darauf achten, dass sie nicht von Bord kippte, wenn ich beschleunigte oder eine Kurve nahm. Vielleicht war es ja auch ganz gut, ihre Hände nicht zu bewegen. Der blutige Verband um ihren Daumen sah so aus, als würde er sich jeden Moment lösen. Was mit ihrem linken Bein war, konnte ich nicht sehen, nur dass die Klammer gelöst war. Papa hatte eine eng anliegende Plastiktüte um die Wunde gewickelt, die ich ebenfalls nicht entfernen wollte.

Wir waren etwa eine Minute gefahren, als ich mich das erste Mal umdrehte. Mark hatte, wie er mir später sagte, die Insel keine Sekunde lang aus den Augen gelassen, da er der festen Überzeugung gewesen war, Papa am Steg auftauchen und ins Wasser springen zu sehen.

»Fahr schneller!«, rief er mir zu, und ich wollte ihm gerade sagen, dass es keinen Grund mehr gab uns zu beeilen. Dass wir in Sicherheit waren, da Papa auf gar keinen Fall jemals wieder in der Lage sein würde, irgendwohin zu gehen und uns Schmerzen zuzufügen, aber ich brachte kein Wort hervor. Nur ein Jaulen. Schwach, jämmerlich und gequält, wie das eines kleinen Hundes, dem man auf den Schwanz getreten war.

»Ich hab es gesehen!«, hörte ich Mark gegen den Fahrtwind anbrüllen.

»Was?«

Ich wollte mir die Gischt, die mir vom See ins Gesicht wehte, von den Augen wischen und merkte, dass es meine Tränen waren, die ich in meinem Gesicht verteilte.

»Papa. Ich hab gesehen, was passiert ist. Als du mich rausgetragen hast, bin ich kurz aufgewacht. Und weißt du, was ich gedacht habe?«

Ich stoppte das Boot, um besser hören zu können, was mein Bruder sagte.

»Ich dachte: ›Schön, dass der Scheißkerl brennt. Dann kann ich beruhigt weiterschlafen.‹« Mark lachte das traurigste Lachen, das ich jemals gehört hatte.

Und als ich an ihm vorbei nochmals zu der Insel zurücksah und dann mein Blick erneut auf das verquollene Gesicht von Mark traf, der ebenfalls angefangen hatte zu heulen, brachen alle Dämme. Ich flennte, und je mehr ich dagegen ankämpfte, desto lauter wurde mein Schluchzen, desto intensiver die Krämpfe, die mich durchschüttelten.

In den kurzen Pausen, in denen ich die Rotze hochzog, versuchte ich mir einzureden, dass mich keine Schuld traf. Dass ich keine Alternative gehabt hatte. Dass es keine Absicht gewesen war. Nur ein Unfall. Aber das war natürlich Blödsinn. Papa hatte mich gezwungen, eine Entscheidung zu treffen, und das hatte ich getan. Wenn auch nicht aus freien Stücken, so doch aber ganz bewusst. Ich hatte meinen Vater getötet, und mit dieser Wahrheit musste ich nun für den Rest meines Lebens zurechtkommen.

39. Kapitel

Wir hielten bei dem erstbesten Haus mit Bootsanlegestelle, das wir am Ufer entdeckten.

Wobei »Haus« der falsche Begriff war. In Maklerkreisen nannte man so etwas bestimmt »Anwesen«, wenn nicht gar »Schloss«. Gemessen an der Anzahl der Fenster in der Fachwerkfassade hätte es sich auch gut um ein kleines Hotel mit etwa zwanzig Schlafzimmern handeln können. Dagegen sprach jedoch, dass die efeuberankte Villa unbewohnt war (welcher Hotelier schließt ausgerechnet in den Sommerferien?).

Die Rasenfläche, die sich zwischen dem Haus und dem See erstreckte, war größtenteils verbrannt, es gab also nicht einmal einen Gärtner, der hier nach dem Rechten sah.

Wir überlegten kurz, ob wir weiterfahren sollten, entschieden uns dann aber dafür, unser Glück lieber auf dem Landweg zu versuchen. Irgendwo musste es ja einen Nachbarn mit einem Telefon geben.

Mark war wieder so weit bei Kräften, dass wir Sandy gemeinsam schultern konnten, und im Gegensatz zu ihm war sie wirklich ein Fliegenschiss, wie er es vorhin gesagt hatte.

Ihre Füße schleiften über den sonnenversengten Boden, und als ich mir bewusst machte, dass sie auf eine ähnliche Art und Weise vor nur wenigen Stunden von meinem Vater transportiert worden war und dabei vergleichbare Spuren für uns hinterlassen hatte, schloss sich eine Faust in meinem Magen.

Wir schafften es, den fußballfeldgroßen Garten, ohne einmal abzusetzen, zu durchqueren, und ich ließ Mark für einen Moment alleine, um an den gläsernen Hintertüren zu rütteln, die zu der ausladenden Seeblickterrasse führten. Dort zeigten sich deutliche Zeichen der Vernachlässigung: Moos quoll so dicht zwischen den Steinfugen hervor, dass einige der Granitbodenplatten an ihren Kanten hochgehebelt waren. Ameisen nutzten die Zwischenräume als Zugang zu ihren unterirdischen Transportwegen.

Die Türen waren durch ein dickes Vorhängeschloss gesichert, und das Glas sah sehr stabil aus, weswegen ich gar nicht erst versuchte, ein Fenster einzuschlagen. Die Chancen, dass ich mich beim Einstieg verletzte, waren deutlich höher, als im Inneren ein funktionierendes Telefon zu finden.

Immerhin fand ich in einem Müllberg in einer Ecke der Terrasse ein verrostetes, aber immer noch sehr scharfes Metallstück, ein Teil einer Dachrinne, die vielleicht bei einem Sturm beschädigt worden war.

Ich ging zu den beiden zurück und löste Sandy, die immer noch bewusstlos war, mit dem improvisierten Messer die Fesseln, allerdings erst einmal nur die an ihren Händen. So komisch es klingt, aber wir hatten das Gefühl, dass sie sich mit zusammengebundenen Beinen leichter transportieren lassen würde, als wenn diese umherschlackerten.

Unser nächster Halt war vor dem glücklicherweise maroden Gartenzaun an der Vorderseite. Wildschweine mussten auf der Suche nach Nahrung den Maschendraht ausgehebelt haben, und so war es für uns ein Leichtes, das Grundstück wieder zu verlassen. Viel gewonnen hatten wir dadurch aber nicht.

Das Anwesen in unserem Rücken war nicht nur groß und verlassen, sondern auch noch einsam. Abgesehen von einigen Datschen, die seit der Wende keine Gäste mehr gesehen haben konnten, war es weit und breit das einzige Haus hier in der Gegend. Und die Straße, wenn man denn die hügelige Lehmpiste überhaupt so nennen durfte, wurde unter Garantie nur im Notfall befahren, so schlecht war ihr Zustand. Kein Mensch, der Wert auf seine Achsen legte, würde diese Strecke jemals freiwillig nehmen.

»Ihr bleibt hier, und ich schau da vorne nach, was hinter der Kurve liegt!«, schlug ich vor, doch Mark protestierte.

»Nein. Wir trennen uns nicht.«

Seine Augen ergänzten ein flehendes *»Nie wieder«*, und als ich die Angst in seiner Stimme vernahm, hätte ich am liebsten gleich wieder losgeflennt, aber diesmal schaffte ich es, mich zusammenzureißen.

»Also schön, dann gemeinsam.«

Es dauerte eine Viertelstunde. Fünfzehn Minuten für einen Weg, für den wir unter normalen Umständen keine drei Minuten gebraucht hätten, aber die Sonne war gnadenlos und unsere Kraftreserven so im Minus, dass wir alle fünfzig Meter eine Pause machen mussten, bis wir endlich die Landstraße erreicht hatten, die nach Wendisch Rietz führte.

»Nach rechts oder links?«, fragte Mark, der so wie ich nicht die geringste Orientierung hatte, aus welcher Himmelsrichtung wir überhaupt kamen.

»Weder noch«, sagte ich und schirmte meine Augen mit der freien linken Hand ab. Tatsächlich. Die Sonne hatte mich zwar geblendet, so sehr, dass schemenhafte Negativbilder vor meinen Augen schwammen, wenn ich die Lider schloss, aber ich hatte mich nicht getäuscht.

»Sieh nur«, rief ich ekstatisch und zeigte nach vorne auf den flimmernden Fleck direkt gegenüber, etwas abseits der Landstraße. Niemals hätte ich gedacht, mich über diesen Ort einmal so freuen zu können wie jetzt.

»Hier waren wir schon mal«, murmelte Mark, ebenfalls die Hand vor den Augen.

Ich lachte.

»Ja, ganz genau. Hier waren wir schon mal.«

Vor uns, nur etwa dreihundert Meter entfernt, lag ein Parkplatz im gleißenden Licht. Und direkt dahinter, im Gegenlicht kaum zu erkennen, eine kleine Ladenzeile, in der die meisten Geschäfte schon geschlossen hatten. Bis auf das von Kurt, der vor dem Schaufenster seines Kiosks stand und mit einer Handkurbel die Markise herabließ.

40. Kapitel

»Was habt ihr Tiere ihr nur angetan?«

Kurt befahl uns, die weiterhin bewusstlose Sandy auf einen Plastikstuhl zu setzen, den er aus einem Hinterzimmer geholt hatte, und fächerte ihr mit einem Stück Bananenkartonpappe frische Luft von der offenen Kühltruhe zu, vor der sie saß.

»Wir?«, keuchte Mark fassungslos. Auch ich protestierte.

»Nein, nein, nein. Sie verstehen da etwas falsch, das waren wir nicht!«

»Ach nein. Sie hat sich wohl selbst den Daumen abgebissen, weil sie Hunger hatte?«

Kurts Unterlippe zitterte. Seine Hand ballte sich.

»Nein, hören Sie ...«

»Von euch Pissern muss ich mir gar nichts anhören. Erst wolltet ihr Stotter-Peter ertränken, und jetzt auch noch das arme Mädchen.«

Stotter-Peter?

Wovon redete der nur?

»Unser Vater war das«, versuchte Mark ihm den Wahnsinn zu erklären, den wir durchgemacht hatten. Weit kam er nicht mit der Wahrheit.

»Euer Vater? Ha, das wird ja immer schöner.«

»Ja, er hat uns auf eine Insel verschleppt. Und sie auch.«

Ich zeigte auf Sandy.

»Na klar.« Kurt tastete nach ihrem Puls und versuchte mit dem Daumen, ein Augenlid zu öffnen.

»Und dann war euer Vater es wohl auch, der Stotter-Peter gestern in einem Einkaufswagen von der Seebrücke stieß?«

Mark und ich tauschten einen kurzen Blick.

»Ich weiß wirklich nicht, wovon Sie reden«, versuchte ich Kurt erneut zu überzeugen, doch ich drang nicht zu ihm durch. Er beugte sich gerade nach unten, um sich Sandys Fuß etwas näher anzusehen.

»Wolltet ihr den abhacken, oder was? Na, da hatte Stotter-Peter gestern wohl Glück, dass ihr ihm nur die Beine mit Paketband zusammengebunden habt.« Er legte seinen Zeigefinger ans Kinn und tat so, als würde er nachdenken.

»Obwohl, seine Beine kann Peter jetzt auch nicht mehr bewegen. Jetzt, wo er im Wasser auf den Felsen geknallt und vom Bauch an gelähmt ist.«

»Oh Gott«, entfuhr es mir.

War das wirklich geschehen, was Kurt gerade erzählte?

War das alles geschehen, was wir in den letzten Tagen erlebt hatten?

»Gestern habt ihr der armen Sau vorgegaukelt, ihr hättet seinen Hund gefunden, damit er sich mit euch trifft. Was habt ihr Sandy erzählt, damit sie euch in die Falle geht?«

»Wir? Gar nichts. Sie verstehen das komplett falsch.«

Er lachte mich aus.

»Ja klar, kann ich mir denken.«

Kurt befahl mir, darauf aufzupassen, dass Sandy nicht vom Stuhl rutschte, und verschwand kurz in dem Zimmer hinter seiner Theke. Es dauerte eine Weile, bis er wieder zurück war, und er wirkte einigermaßen überrascht, dass wir noch da waren. Anscheinend hatte er damit gerechnet, dass wir in seiner Abwesenheit die Flucht ergreifen würden.

»Bitte, unser Vater ist verrückt geworden«, versuchte ich es erneut. »Auf der Insel sind schlimme Dinge passiert.«

»Halt dein Schandmaul«, fuhr er mich an. Er kratzte sich aufgeregt die Wange seines faltenfreien Gesichts.

»Wollt ihr mich komplett für blöd verkaufen? Ich hab euren alten Herren kennengelernt. Nur kurz, aber Kurt hat eine gute Menschenkenntnis, und ich hab sofort gemerkt, der Kerl, der ist ehrlich, integer. Ein Handgriff, und er hat das Gluckern abgestellt.« Er zeigte auf die Truhe und damit auch auf Sandy.

»Keine große Sache, aber ein deutliches Zeichen. Er hat das Herz am rechten Fleck, und ihr solltet euch was schämen, eure Taten auf ihn abzuwälzen.«

»Sie beschreiben den Mann, der er früher war, vor dem Unfall«, wollte ich sagen, aber das hätte ihn sicher noch mehr verärgert.

»Sie haben ja keine Ahnung«, murmelte ich, mehr zu mir selbst. Mein Hals schmerzte, ich fühlte mich grippig, und die Augen drohten mir zuzufallen. Es gab keine Faser meines Körpers mehr, die nicht völlig erschöpft war, und Mark, das sah ich ihm an, erging es ebenso.

»Wenn Sie uns nicht glauben, dann rufen Sie doch die Polizei« schlug er vor, aber dieser Aufforderung hätte es nicht bedurft, konnte es doch nur einen Grund geben, weshalb Kurt uns gerade eben alleine gelassen hatte.

Tatsächlich dauerte es nicht einmal mehr eine Minute, bis wir die Sirenen der Einsatzfahrzeuge näher kommen hörten.

41. Kapitel

Der Krankenwagen, der Sandy in die Notaufnahme nach Bad Saarow brachte, war zuerst eingetroffen. Als Raik etwas später den Kiosk betrat, war sie bereits auf einer Liege im Innenraum verstaut, und Kurt wollte gerade hinten einsteigen, um Sandy in die Klinik zu begleiten.

Der Polizist sprach kurz mit den Notärzten, was wir nicht mehr hören konnten, weil Raik uns auf die Rückbank seines Wagens befohlen hatte, und als der Passat sich endlich in der Mittagsglut auf die Landstraße schälte, dem Krankenwagen hinterher, dachten wir, er würde uns auf die Wache nach Fürstenwalde fahren. Doch Raik hatte andere Pläne.

»Glaubt nicht, dass ich mit euch hier eine Kuscheltour abziehe, nur weil ich mit eurem Vater im Kindergarten war«, schimpfte er mit Blick zu mir in den Rückspiegel. Seine Augen sahen merkwürdig trocken aus, wie bei einem Mann, der niemals weinte. »Du bist zwar erst dreizehn, also noch nicht strafmündig, Junge. Und bei den laschen Wessi-Richtern, die wir jetzt haben, kommst selbst du ...«, er drehte sich kurz zu Mark nach hinten, »... mit ein paar Stunden Sozialdienst-Popowischen im Altersheim davon. Deshalb«, Raik verzog den Mund zu einem aggressiven Grinsen, »werde ich euch erst mal nicht aufs Revier, sondern zu eurem Vater bringen. Der wird euch die Abreibung verpassen, die ihr verdient.«

Eher unwahrscheinlich, dachte ich, besaß aber so viel Verstand, diesen Gedanken bei mir zu behalten. Wenn man wegen Verdachts auf Misshandlung eines Mädchens in ein Polizeiauto verfrachtet wird, ist es vielleicht keine so gute Idee, den Mord an seinem Vater zu gestehen.

Außerdem wollte ich nichts mehr auf der Welt als meine Mutter wiedersehen, und ich würde den Teufel tun, etwas zu sagen, was Raik auf die Idee bringen könnte, uns doch nicht nach Hause zu fahren.

Die nächsten zwanzig Minuten fuhren wir wieder an den Sonnenblumenfeldern vorbei, die mir schon bei unserer Ankunft aus Berlin aufgefallen waren, nur dass die Hälfte der Pflanzen jetzt von der Sonne verbrannt war. Und dass die drohende, dunkle Vorahnung, die ich damals bei meiner Mutter gespürt hatte, sich zu einer grausamen Gewissheit verdichtet hatte. Wir hätten hier niemals herkommen dürfen. Nicht für einen einzigen Tag.

Die Achsen des Wagens ächzten unwirsch, als wir endlich den Bahnübergang am Ausbaugebiet von Wendisch Rietz passierten und von der B 246 nach links auf den Waldweg einbogen. Schon wieder stauten sich Tränen in meinem Augenwinkel, diesmal jedoch vor Freude, Mama gleich in die Arme zu schließen. Natürlich hatte ich Angst, unermessliche Angst.

Immerhin waren wir im Begriff, ihr die zweitschrecklichste Nachricht zu überbringen, die man einer Mutter mitteilen kann, gleich nach der vom Tod ihrer Kinder. Papa kommt nicht wieder.

Sorry, Mama, aber wir haben deinen Ehemann verbrannt!

Aber im Gegensatz zu Kurt oder Raik, dessen war ich mir sicher, würde sie es verstehen. Mich verstehen. Nicht sofort womöglich, sicher erst nach einiger Zeit, aber sie würde wissen, dass ich sie nicht anlog und dass ich keine andere Wahl gehabt hatte.

(Was, wie ich heute weiß, natürlich nicht stimmt, denn ich hätte das verdammte Streichholz nicht fallen lassen müssen. Jedenfalls nicht in das Loch hinein!)

Raik manövrierte den Passat durch unsere schmale Einfahrt und parkte direkt vor der Veranda.

»Ihr wartet hier!«, befahl er und stieg aus.

Sein Gang war leicht o-beinig, weswegen er wie ein Seemann aussah, als er auf die Treppe zusteuerte.

In dieser Sekunde, als er energisch gegen unsere Haustür klopfte, knisterte das Funkgerät neben dem Schaltknüppel, und ich war für einen Augenblick abgelenkt. Ich sah erst wieder nach vorne, als ich Mark neben mir stöhnen hörte.

»Großer Gott«, sagte er.

»Nein«, sagte ich.

Das kann nicht sein.

Das ist unmöglich.

Durch die staubverschmierte Windschutzscheibe hindurch sah ich, was Mark sah. Fühlte, was er fühlte: keine Angst. Keine Furcht. Sondern etwas, was tiefer ging. Sehr viel tiefer – und das war nacktes Grauen.

Vor uns, keine zehn Meter entfernt, direkt auf der Veranda schüttelte Raik einem Toten die Hand, der mit sorgenvoller Miene zu unserem Wagen sah und nickte.

So wie nur ein Vater nickt, wenn er von einem Nachbarn die Nachricht hört, dass seine Söhne etwas furchtbar Schlimmes angestellt haben.

42. Kapitel

Der Tote winkte uns zu, befahl uns mit der Bewegung seines Armes, der eigentlich an einem verkohlten Körper hätte hängen müssen, mit ihm ins Haus zu kommen.

»Du bist ein echter Freund«, hörte ich unseren Vater sagen, dem wir uns im Schneckentempo näherten. Mark hatte mir vor dem Aussteigen noch zugeflüstert, wir sollten besser wegrennen, aber wo sollte man sich vor einem Toten und einem bewaffneten Polizisten denn verstecken? Außerdem hatte das Grauen dieser »Erscheinung« – ein besseres Wort dafür finde ich nicht – nicht nur eine abstoßende Wirkung. Wir konnten unseren Augen nicht trauen, und so näherten wir uns der lebenden Leiche wie ein Safari-Tourist einem schlafenden Krokodil, das man unbedingt aus nächster Nähe sehen will.

»Danke, dass du sie zu mir gebracht hast«, sagte die Leiche.

»Keine Ursache«, antwortete Raik. »Ich schlage vor, du nimmst dir deine Jungs mal zur Brust, und dann sehen wir weiter. Irgendetwas Offizielles werde ich schon einleiten müssen, aber wir deichseln das, sobald wir wissen, wie es der Kleinen geht. Vielleicht hat sie ja nur ein paar blaue Flecken davongetragen.«

Raik blinzelte Papa verschwörerisch zu.

»Ich schulde dir was«, sagte mein toter Vater und

schenkte mir ein flüchtiges Grinsen, so schnell, dass Raik, wenn er es denn überhaupt gesehen hatte, es mit einem wütenden Zucken seiner Mundwinkel verwechseln musste.

Papas Hand schnellte nach vorne, blitzschnell wie eine Schlange, und packte mich und meinen Bruder an den Schultern. Kein schlechter Griff für einen Toten.

»Na, da seid ihr ja wieder.« Er lachte. Jede Chance, davonzulaufen, war verpasst.

»Hören Sie, Raik. Sie dürfen nicht gehen!«, bettelte ich den Polizisten an. »Mein Vater ist tot. Wir haben ihn auf der Insel in Brand gesetzt, nachdem er uns gequält und das Mädchen gefoltert hat.«

Raik glotzte mich irritiert an.

»Willst du nicht mal deinen Mund zumachen, Junge?«, fragte er, und da merkte ich, dass mein Gehirn sich geweigert hatte, diese bitterwahren, aber völlig wahnsinnig klingenden Worte auszusprechen.

Die Erwachsenen verabschiedeten sich, und dann waren wir mit unserem Vater allein.

»Mama hat sich schon Sorgen gemacht.«

Papa schloss die Haustür und trieb uns vor sich her in die Küche.

Auf dem Abtropfbecken der Spüle stapelte sich frisch gereinigtes Geschirr. Die Kaffeemaschine lief gerade durch. Essen vom Vortag stand auf dem kalten Herd, und auf dem ausklappbaren Tisch standen zwei unbenutzte Teller und ein Glas Wasser.

Ich sog die Luft ein, zuckte mit den Nasenflügeln, versuchte zu ergründen, was neben dem Geruch gemahlener Kaffeebohnen noch für ein Duft in der Luft hing. Meine Sinne spielten mir einen Streich, denn zuerst roch ich, was ich riechen wollte: Rauch, Qualm, verbrannte Haut.

»Was ist?«, fragte die Leiche und stellte sich an den Kühlschrank. »Hast du Angst, ich bin sauer wegen vorhin?«

Er schüttelte den Kopf. »Nein, keine Sorge. Ehrlich gesagt, bin ich sogar froh. Ich wollte euch das Töten beibringen, und bei dir, Simon, scheint der Unterricht ja gefruchtet zu haben.«

Er trat an den Kühlschrank und tat so, als würde er ein mit einem Magneten fixiertes Merkblatt über die Abholzeiten der Müllabfuhr studieren.

»Wo ist Mama?«, fragte Mark.

Papa nickte. »Ach ja, richtig. Das hatte ich ja ganz vergessen. Ihr habt sie lange nicht gesehen.«

Er zog die Kühlschranktür auf.

Mark, der schon früher ahnte als ich, was jetzt kommen würde, riss die Hand vor den Mund.

»Na, wen haben wir denn hier?«, fragte der Mann, der früher unser Vater gewesen war und jetzt eigentlich ein Häufchen Asche hätte sein müssen.

Er öffnete eine Plastikschale, die er aus dem Gemüsefach genommen hatte und die groß genug war, um darin einen menschlichen Kopf aufzubewahren.

»Nein«, schrie ich und rechnete fest damit, in die kalten, leblosen Augen meiner Mutter zu starren.

Aber es war nur eines, das noch an seinem Sehnerv hing.

»Sie hat gesagt, sie kann mich nicht auf die Insel begleiten.« Papa lachte. »Sie müsse ein Auge auf euch Kinder werfen, wenn ihr zurückkommt.«

Er kippte den Inhalt der Schüssel auf den Küchentisch.

»Na ja, das tut sie ja jetzt. Also seid schön artig, wenn ich mit eurer lieben Mama nun einen Ausflug mache. Will ihr doch auch mal die Insel zeigen.«

43. Kapitel

Eine halbe Stunde später verließ der VW-Bus das Grundstück mit Schrittgeschwindigkeit. Papa hupte zweimal fröhlich, als er die Ausfahrt erreicht hatte, dann verschwand das Fahrzeug um die Ecke und hinterließ als Erinnerung eine bläuliche Abgaswolke.

Mark riss die Tür auf und wollte losrennen, doch ich hielt ihn an der Schulter zurück. »Wo willst du denn hin?«

»Bist du taub? Er will wieder zur Insel. Wir müssen Mama retten.«

»Und wie?«

Ist dir entgangen, dass er kein Mensch mehr ist?

»Auf dem Fahrrad vielleicht?«

»Hast du eine bessere Idee?«

»Nein«, sagte ich wahrheitsgemäß. »Aber sich jetzt wie ein kopfloser Idiot zu benehmen ...«

Das Klingeln des Telefons schnitt mitten durch unser Streitgespräch. Beinahe gleichzeitig schlugen wir uns mit der Hand an die Stirn.

Natürlich, das Telefon!

Wir konnten der Polizei schlecht die Wahrheit sagen. Aber es genügte ja wohl, wenn wir ihnen das Auge zeigten!

Wir rannten nach oben.

Der Apparat stand im Schlafzimmer unserer Eltern,

direkt auf dem Nachttisch meines Vaters, es war das erste technische Gerät, das er hier installiert hatte.

Unsere Mutter hatte darauf bestanden. *»So weit ab vom Schuss hier im Wald.«*

»Hallo?«

Ich presste mir den Hörer gegen das Ohr.

Zischen. Rauschen. Ein elektrostatisches Knistern, aber keine Stimme.

»Wer ist denn da?«

Ich fragte mich, ob sich jemand verwählt hatte. In dem Moment, als ich schon auflegen wollte, verstand ich das erste Wort.

»Simon?«

»Ja, hallo? Ich bin's. Wer ist da?«

»...eter.«

»Peter?«, rief ich aus. »Stotter-Peter?«

».a.«

»Ja? Stotter-Peter. Sind Sie das?«

»Ja. Ich kann nicht ...« Im Hintergrund meinte ich einen Hund bellen zu hören. Gismo war also wieder bei ihm.

»Was können Sie nicht? Sie können nicht sprechen?«

Mark warf mir einen ratlosen Blick zu. Er kniete neben mir auf dem Bett, vor dem ich stand.

»...andy ... hier.«

»Sandy ist hier?« Was zum Geier meinte er? *Moment ...*

»Sandy ist bei Ihnen im Krankenhaus?«

Natürlich. Nichts anderes konnte er meinen. Ganz bestimmt lag er auch in Bad Saarow, in der einzigen Klinik hier in der Ödnis, die sich mit Querschnittslähmungen auskannte. Gut möglich, dass er mitbekommen hatte, dass Sandy eingeliefert worden war. Doch warum rief er jetzt an?

»Kurt hat mir die Nummer gegeben.«

Aha, richtig. Der Alte war ja mit in den Krankenwagen gestiegen. Das erklärte einiges. Aber nicht den Grund seines Anrufs.

Neben mir gab Mark mir ein Zeichen, den Hörer so zu halten, dass er mithören konnte.

»Hör zu, Simon. Was ich dir jetzt sage, ist sehr wichtig. Überlebenswichtig. Ich hab euch doch einmal von dem Restaurantbesitzer erzählt, der einmal in der Woche selbst seinen Fisch geangelt hat.«

»Sie meinen die Geschichte von dem, der den Spiegel aus dem See geholt hat?«

»Richtig. Er hatte eine kleine Tochter auf dem Boot dabei, erinnerst du dich noch?«

»Mag sein, ich verstehe nicht …«

»Die Tochter war Sandy.«

»Was?«

»Sandy. Sie hatte den Kontakt. Sie dachte, der aus dem See gefischte Spiegel wäre ein Spielzeug. Sie hat die ganze Rückfahrt über hineingestarrt.«

Neben mir zog Mark verblüfft die Augenbrauen hoch.

Nach dem Tod des Vaters verkaufte die Mutter das Haus und zog mit ihrer einzigen Tochter in einen anderen Ort.

»Deswegen war sie so gemein. So böse. Der Spiegel hat all ihre guten Seiten ins Negative verkehrt.«

»Bis zum dem Unfall«, flüsterte ich.

»Genau. Bis zu dem Unfall. Ich hörte, dein Vater hat sie wiederbelebt?«

»Ja.«

»Das hätte er nicht tun sollen. Da ist es passiert.«

»Was?«, fragte ich, obwohl ich die Antwort gut kannte.

»*Es* ist übergegangen. Sandys Seele hat sich verändert, richtig? Sie wurde auf einmal nett, so wie früher, oder?«

Ich erinnerte mich an den Spinnenschwarm, den ich in ihren Mündern gesehen hatte, dann an den Besuch von Sandys Mutter *(»Sie haben mir meine Tochter zurückgegeben!«)* und nickte in einer für ein Telefonat völlig sinnlosen Weise.

»Und dein Vater ist auch nicht der Alte. Kurt hat mich besucht. Er erzählte mir, ihr hättet behauptet, er habe Sandy gefoltert.«

»Ja.«

»Ich glaube euch.«

Mark nickte, und auch wenn Peters Vertrauen in dieser Gemeinde sicher nicht viel wert war, tat es dennoch gut, diese Worte zu hören.

»Ich hab Kurt auch gesagt, dass ihr nichts mit meinem Unfall zu tun habt. Das war euer Vater. Er kam gestern vorbei und tat so, als wollte er mir den Hund wiederbringen. Aber darum geht es jetzt nicht. Nicht um mich. Ihr steckt in viel größeren Schwierigkeiten als ich, denn gestern wurde es mir klar.«

»Was?«

»Euer Vater ist jetzt wie Gismo.«

»Unsterblich«, flüsterte ich.

»Ganz genau. Ihr könnt ihn nicht töten. Nicht in eurem Zustand.«

»Was soll das heißen, in unserem Zustand?«

»Deswegen rufe ich an. Ihr habt nur eine Möglichkeit, den Schrecken zu beenden.«

»Wir müssen ihn einsperren?«, fragte ich. In meinen Gedanken sah ich Papa an Ketten hängen, in einem Verlies, am besten eingemauert zwischen zwei dicken Steinwänden.

»Das nützt nichts. Sobald euer Vater stirbt, bewusstlos ist oder auch nur einschläft, gelten für ihn danach keine physikalischen Gesetze mehr. Er kann sich Ketten abstreifen, Schlösser sprengen, sogar durch Wände gehen. Ich hab das alles mit Gismo erlebt.«

»Und was können wir dann tun?«, fragte ich verzweifelt.

»Habt ihr euch nie gefragt, wieso euer Haus so lange leer stand? Weshalb die Scheiben nicht zerschmissen waren?«

Das Rauschen, das ich jetzt hörte, kam nicht aus dem Hörer, sondern befand sich direkt in meinem Kopf!

»Niemand nähert sich dem Haus freiwillig«, sagte Peter.

»Na, Sie haben ja Mut!«

Kurts Worte, bei unserer allerersten Begegnung, als Papa ihm von unserem Plan erzählte, in das Haus zu ziehen, hallten in meinen Ohren noch einmal nach.

»Denn dieses Haus beherbergt etwas, was niemand freilassen will.«

»Und das wäre?«

»Den Spiegel.«

»Woher wissen Sie das?«

»Weil ich ihn selbst dort versteckt habe.«

Stotter-Peter hustete.

»Der Tierarzt, der den Splitter aus Gismos Wunde gezogen hat, hat den Storkower Seelenspiegel aus dem Keller von Sandys Elternhaus geholt und entsorgt, kurz bevor er Reichenwalde für immer verließ, erinnerst du dich?«

Wir nickten, und irgendwie hatte ich das Gefühl, dass Peter das spürte.

»Was ich euch nicht erzählt hatte, ist, was mit dem Splitter passiert ist, der in Gismos Pfote steckte! Den hab ich damals an mich genommen.«

»Und?«, fragte ich mit einem Kloß in der Größe eines Medizinballs im Hals.

»Geh auf den Spitzboden, direkt unter dem Dach. Du erreichst ihn über eine Ausziehleiter über der Treppe. Dort wirst du ihn finden. Euer Haus stand ewig leer, und es war direkt nebenan, ich dachte, hier sucht niemand, aber wenn ich den Splitter mal brauchen sollte, dann hab ich ihn in der Nähe. Also hab ich ihn hinter einem schweren Karton mit alten Büchern versteckt, die längst verschimmelt sein dürften.«

»Und was sollen wir mit dem Spiegel tun?«

»Na was wohl, Junge? Reinschauen, natürlich.«

Das Rauschen in meinen Ohren wurde stärker.

»Ich verstehe nicht. Was ergibt es denn für einen Sinn?«

»Euer Vater kann nur durch seine eigene Hand sterben. Oder durch die eines Menschen, der ebenfalls in den Spiegel gesehen hat.«

»Aber ... aber ...«

»Du willst wissen, ob ihr dann auch böse werdet?«

»Ja.«

»Das ist gut möglich. Aber leider sehe ich keinen anderen Ausweg.«

Ich tippte mir an die Stirn und suchte in Marks Augen eine Bestätigung dafür, dass er Peters Vorschlag ebenso absurd fand wie ich, aber sie waren nicht mehr da. Marks Augen waren verschwunden, und mit ihnen sein gesamter Körper.

»Hallo?«, rief ich und ließ den Hörer neben dem Apparat baumeln. Lief auf die Schlafzimmertür zu, die auf einmal verschlossen war und an der ich vergeblich rüttelte.

Über mir hörte ich ein schleifendes Geräusch. Als ob jemand auf dem Spitzboden einen Karton wegzog.

44. Kapitel

Ich warf mich mit der Schulter gegen die Tür, aber das Einzige, was ich damit aus den Angeln riss, waren meine Gelenke. Das Haus mochte alt sein, die Tischlerarbeiten waren jedoch solide Handwerksarbeit, der auch die Kraft der Verzweiflung eines Teenagers wenig anhaben konnte.

Ich trat ans Fenster. Riss es auf. Zweiter Stock, etwa fünf Meter hoch. Zu hoch für den harten Boden, denn Papa hatte hier schon erste Kieselwaschbetonplatten verlegt, aber das war egal. Musste egal sein.

Ich stieg auf das Fensterbrett, griff nach der Regenrinne und merkte, dass ich keine Chance hatte. Sie war viel zu weit weg.

Also umklammerte ich den Fenstersims und ließ mich, den Bauch an die Wand gepresst, den Rücken zum Garten gewandt, langsam hinab, bis meine Finger mein Gewicht nicht mehr tragen konnten und ich abrutschte. Fiel.

Ich verstauchte mir den Knöchel und prellte mir das rechte Knie und das linke Handgelenk. Ohne Brüche und ohne Verletzungen am Kopf war das eine ganz gute Bilanz, wenn auch eine, die mir kostbare Zeit raubte.

Mindestens eine Minute lang konnte ich mich vor Schmerzen nicht bewegen, und noch einmal so lange dauerte es, bis ich herausgefunden hatte, wie ich, ohne mir bei jedem Schritt einen Blitz durch das Rückenmark zu jagen, um das Haus herum humpeln konnte.

Als ich am Eingang ankam, war es natürlich schon zu spät. Die Haustür stand offen, und Marks Fahrrad lehnte nicht mehr an der Tanne, unter der wir unsere BMX-Räder parkten.

»Tu es nicht!«, rief ich ihm hinterher, in der verzweifelten Hoffnung, dass er noch nicht in den Spiegel geschaut hatte.

Er war gerade noch so in Hörweite, also brüllte ich: »Mark, bitte. Tu das nicht! Es gibt einen anderen Weg!« Meine Stimme brach. »Es muss einen anderen Weg geben.«

Am Ende der Zufahrt, dort, wo die Waldarbeiter einen Stapel geschlagener Baumstämme abgeladen hatten, sah ich, wie Mark anhielt.

Er drehte sich zu mir herum. War zu weit entfernt, als dass ich eine Gefühlsregung in seinem Gesicht hätte erkennen können, doch er ließ die Schultern hängen und wirkte resigniert.

Den Klang der Worte, die er mir zum Abschied zurief, werde ich nie wieder aus meinem Gedächtnis tilgen können, solange ich lebe: »Zu spät, Kleiner«, sagte er.

Mehr nicht.

Zu spät.

Es war das Letzte, was ich von ihm hörte.

45. Kapitel

Trotz meiner Verletzungen spürte ich keine Schmerzen. Ich rannte. An Stotter-Peters Bungalow vorbei, den Weg, den ich das erste Mal mit meinem Bruder gegangen war, damals, als ich mit Sandy am Badestrand verabredet gewesen war. Erreichte wieder die Stelle, wo links vom Pfad in ziemlichem Abstand zwischen den Bäumen die Häuser auftauchten.

»Wusstest du, dass hier 'ne Masse Promis wohnen?«

»Wie Stotter-Peter?

»Nee, echte VIPs. Schauspieler, Musiker und so. Die haben hier alle ihre Ferienvillen.«

Hinter dem Zaun, den man kaum erkennen konnte, wenn man nicht genau hinsah. Ich rannte zu ihm und streckte die Hand nach ihm aus. Schnipste zaghaft mit dem Finger dagegen. Dann, etwas mutiger, trat ich gegen den Maschendraht.

Kein Strom, stellte ich erleichtert fest. Hier hatte Mark übertrieben.

Also rüber.

Was die Villen anbelangte, hatte er allerdings nicht zu viel versprochen. Auf einem Gelände, auf dem sie in Marzahn zwanzig Hochhäuser gebaut hätten, standen nicht mal ein halbes Dutzend Prachtbauten, so wie im Storkower Storchennest. Ferienwohnung mit direktem Seezugang, jedoch alles eine Nummer größer.

Ich rannte über eine golfrasenartige Parkanlage an einem Kinderspielplatz vorbei, der glücklicherweise genauso verlassen war wie das gesamte Gelände. Die wenigen Betuchten, die sich diese Filetstücke hier leisten konnten, waren natürlich nicht an die Sommerferien gebunden und verbrachten den Sommer vermutlich an der Côte d'Azur oder in Florida, nur nicht in den Häusern, die sie für Unsummen in Brandenburg gekauft hatten.

Ich stieß auf einen gepflasterten Weg, der sich um einen Brunnen schlängelte. Vor ihm stand ein hölzerner Wegweiser, der mir die Richtung zum »Yachthafen« wies.

Meine verzweifelte Vermutung, die mich hierhergetrieben hatte, bestätigte sich glücklicherweise. Es war simpelste Kombinationsarbeit, die auch ein Siebenjähriger hätte bewältigen können. VIPs haben Boote, und die Boote liegen an einem privaten Liegeplatz, und in einem umzäunten Anwesen fühlen sich die VIPs sicher und sind vermutlich nachlässig.

Nun ja, nicht alle. Die meisten hatten ihre Boote ordentlich abgedeckt, nur bei zweien fehlte die Persenning. Und einer hatte tatsächlich sein Schlauchboot an den Steg gebunden. Sicher jemand, dem einer der großen Pötte gehörte und für den das kleine, graue Gummiding nicht mehr als ein Gag war, den man für »kleines Geld« bekam. Kaum der Rede wert, weshalb man auch den Schlüssel stecken lassen konnte. Wer klaute denn schon so etwas, wenn daneben die Hunderttausender-Kähne schwammen?

Ich.

Niemand brauchte im Moment ein solches Boot dringender.

Ich löste die Taue und sprang hinein. Dabei stellte ich mich vor Nervosität etwas ungeschickt an und riss eine mit dem Gummi verschweißte, längliche Box auf, in der sich einige Seile befanden und etwas, was für mich auf den ersten Blick wie eine Angel aussah, sich dann aber als Harpune entpuppte.

In der festen Überzeugung, dass meine Glückssträhne jetzt reißen und das Boot nicht anspringen oder der Hafenmeister aus seiner Versenkung erscheinen würde, drehte ich den Zündschlüssel. Der Motor surrte wie eine billige Nähmaschine, aber er surrte. Dieselgestank füllte meine Nase, und der Geruch der Angst ließ mich frösteln.

Ich sah mich um, doch als niemand kam, der mich gehört oder beobachtet hatte, fuhr ich langsam in die Mitte des Sees, um mich erst einmal zu orientieren. Meine Augen grasten das Ufer ab, bis ich in westlicher Richtung, in weiter, weiter Ferne einen Kasten erkannte, der mich an die verlassene Villa mit den zwanzig Schlafzimmern erinnerte, an der wir heute festgemacht hatten.

Ich gab Vollgas und brachte den Motor zum Aufheulen. Die Spitze hob sich aus dem Wasser, und ich schoss wie ein Torpedo über den See, den Kopf geduckt, eine Hand am Ruder, die andere vor den Augen.

Nach knapp zehn Minuten hatte ich das Anwesen erreicht. Von hier aus dauerte es nicht mehr lange, und ich fand den Weg zurück zu dem Ort, den ich heute früh weinend verlassen hatte. Nun kehrte ich nur wenige Stunden später wieder zurück.

Schreiend.

Aus Leibeskräften.

»Mark«, brüllte ich den Namen meines Bruders, als ich ihn am Strand neben dem Steg sah. Er hatte das Motorboot genommen, mit dem wir vorhin Sandy von der Insel geschafft hatten.

»Mark!«

Als ob das noch einen Unterschied gemacht hätte.

Ebenso gut hätte ich die Worte brüllen können, mit denen er mir Lebwohl gesagt hatte.

»Zu spät, Kleiner!«

Denn genau das war ich.

Zu spät.

Die letzte Runde des Kampfes hatte längst begonnen.

Ich sah noch, wie mein Vater und er sich gegenüberstanden, und Mark schon wankte. Sah, wie er einen weiteren Treffer kassierte und zu Boden ging.

Sah, wie Papa seinen Kopf nahm und am Strand neben dem Steg unter Wasser drückte.

Und während ich noch eine ganze Galaxie voller Trauer und Schmerz entfernt, völlig unerreichbar für meinen Bruder an dem morschen Landungssteg der Insel festmachte, hörte ich das Lachen meines Vaters, das die letzten Zuckungen meines Bruders begleitete.

46. Kapitel

Als ich endlich bei ihm war, war es seltsam ruhig. Kein Wind rauschte, keine Vögel zwitscherten, selbst das Plätschern der Wellen, die am Ufer leckten, klang gedämpft. So als wäre der See voll Trauer in Schweigen gehüllt.

Mein Vater war nicht mehr zu sehen, nur noch Mark lag am Strand, den Kopf im Wasser. Es heißt, dass Kleinkinder sogar in Pfützen ertrinken können, das war eine Urangst unserer Mutter gewesen, die darauf gedrungen hatte, dass wir schon mit vier, also ein Jahr früher als alle anderen, Schwimmen lernten.

Und nun lag der Junge, der sich die halbe Wand mit Schwimmabzeichen hätte vollpflastern können, wenn er denn so eitel gewesen wäre, tot im Wasser. Ertränkt vom eigenen Vater.

Aber davor schützt kein Seepferdchen, nicht wahr, Mama?

Ich drehte Mark auf den Rücken und begann, bar jeder Vernunft, mit der Mund-zu-Mund-Beatmung.

»Komm schon«, heulte ich. »Tu mir den Gefallen«, bat ich erst, dann begann ich zu beten. »Lieber Gott, lass das nicht zu. Mach, dass er wieder atmet. Dass er wieder aufwacht. Wieder lebt.«

Tja, womit auch immer jene höhere Macht, für die sich Millionen von Menschen schon ins Schwert gestürzt hatten, an jenem Tag im Juli 1993 beschäftigt gewesen war, es war unter Garantie nicht das »Gott kämpft um jede Seele«-Projekt.

Nach etwa zwanzig Minuten gab ich erschöpft auf und rollte mich weinend zur Seite.

Ich schlug mir die Hände vor das Gesicht und schrie mit fest zusammengepressten Augen den Schmerz heraus.

Schrie lauter, so laut wie nie zuvor, und dann, als ich keine Kraft mehr hatte, musste ich mich übergeben. Aber ich schaffte es nicht. Nicht einmal, mich zur Seite zu drehen.

Mein Magen hatte sich schon zusammengezogen, ich schmeckte die Galle meine Speiseröhre hochsteigen, gleichzeitig spürte ich einen Schatten, der sich über mich warf. Und nicht nur einen Schatten. Auf einmal wurde mein gesamter Brustkorb nach unten gedrückt. Das Gewicht, das plötzlich auf mir lag, drohte mich zu ersticken.

»Hilfe«, schrie ich, jetzt nur noch in Gedanken, und versuchte, den Druck loszuwerden. Ich riss die Augen auf und glotzte in ein aufgequollenes Gesicht, das ich viel zu spät erst erkannte, als ich den Körper, den mein Vater auf mich geworfen hatte, nach oben wuchten wollte.

»Sieh nur, sie will dir einen Kuss geben.« Papa lachte. Er beugte sich über mich und riss meine Mutter an ihren Haaren hoch. Mein Blick verfing sich in ihrer blutig leeren Augenhöhle.

»Mama!«

Sie steckte in einer Art Netz, das um ihren gesamten Körper geschlungen lag, und für einen unwirklichen Moment dachte ich, meinem Vater wäre es irgendwie gelungen, sie durch einen dieser Weihnachtsbaumtrichter zu stopfen, mit denen die Verkäufer ihre Tannen transportfähig machen.

Das Netz aber war sehr viel gröber und zusätzlich mit Seilen festgeschnürt. Bis auf ihre Wimpern und ihren Mund konnte Mama kaum etwas bewegen.

Ich blickte in das von Schlägen gezeichnete Gesicht. Ein Hämatom unter ihrem verbliebenen Auge schimmerte violett. Einzelne Haare fielen durch das Netz nach unten, kitzelten mich, aber nicht auf die Art wie früher, wenn ich morgens in ihr Bett gekrochen war und mir einen ersten Kuss abgeholt hatte. Sie waren stumpf und tot, so wie Mama – das spürte ich – es bald sein würde.

»Es tut mir leid«, sagte sie mit bluttropfendem Mund.

»Neeein!«, schrie ich nun doch, mit einer Stimme, die nicht mehr von meinen Stimmbändern, sondern nur noch von meiner nackten Wut geformt wurde. Ich wälzte mich unter meiner Mutter weg und rappelte mich auf. Drehte sie mit dem Kopf nach oben, damit sie im Sand nicht erstickte. Erst jetzt sah ich, dass er ihr die Handgelenke auf dem Rücken zusammengebunden hatte. Ihr rechtes Schulterblatt stach merkwürdig schief durch die freigelegte Haut, vermutlich war das Gelenk ausgekugelt.

Ich versuchte, die Fesseln und das Netz zu lösen, aber die Seile waren zu stark und außerdem hartkantig und glitschig. Ich zerschnitt mir an ihnen nur die Hände.

»Ein Königreich für ein Messer, was?«, hörte ich meinen Vater lachen.

Ich riss meinen Kopf hoch. Versuchte, den Tränenvorhang vor meinen Augen mit den Handrücken zu beseitigen.

Er stand am Ufer, den Spuren im feuchten Sand nach lief er schon eine Weile um mich und meine Mutter im Kreis herum.

Er läuft den Teufelskreis, dachte ich und handelte ohne Plan.

Senkte einfach nur den Kopf, rannte vom Zorn besessen auf meinen Vater zu, wie ein Stier auf das rote Tuch, und ebenso wie ein geübter Torero hatte Papa keine Mühe, mir mit einer eleganten Bewegung beinahe spielerisch auszuweichen.

Stolpernd fiel ich auf den Strand, stützte mich mit den Händen im Sand ab und konnte dennoch nicht verhindern, mit dem Kopf in den See zu tauchen.

Ich rappelte mich wieder auf, wollte ein zweites Mal angreifen, da sah ich die Harpune im Sand liegen, direkt zwischen Mama und Mark. Meiner Mutter und ihrem toten Erstgeborenen.

Ich machte mir gar nicht erst die Mühe, mir die Harpune zu greifen. Papa war durch Flammen nicht zu besiegen. Selbst ein Schuss ins Herz würde nicht einmal sein dreckiges Lachen töten.

Es sei denn …

Meine Blicke suchten den Strand ab, aber ich konnte den einzigen Gegenstand, der meine Mutter und mich jetzt noch retten könnte, nicht finden. Rasch kniete ich mich neben Mark, suchte seine Taschen ab.

»Suchst du das hier?«

Ich sah auf. Spürte den Giftpfeil der Resignation.

Papa hielt den Seelenspiegel in der Hand. Das Bruchstück, das Stotter-Peter bei uns im Haus versteckt und Mark auf dem Dachboden gefunden hatte.

»Hat er …«, setzte ich an.

»Oh ja. Mark hat in ihn hineingesehen. Aber es hat nicht ausgereicht. Verstehst du? Ich hab gestern viel mit Stotter-Peter geredet.«

Kurz bevor du ihn zum Krüppel machtest.

»Wusstest du eigentlich, dass er gar nicht pädophil ist?

Dass Sandy ihn damals nur mit einer List dazu gebracht hat, seinen Schwanz hinter dem Kindergarten herauszuholen.« Er winkte lachend ab, als wäre das eine andere Anekdote, die man sich bei Gelegenheit mal bei einer Party erzählen sollte.

»Von ihm weiß ich jetzt ganz genau, wie der Spiegel wirkt. Gut wandelt sich zu Böse, Weiß zu Schwarz. Und je hässlicher die Seele, umso reiner der Charakter nach seiner Spiegelung!«

Und je liebevoller der Vater, umso grausamer seine Veränderung.

»Dein Bruder war zu normal«, erklärte er mir. »Bei Mark gab es nicht diese heftigen Ausschläge wie bei dir, Junge. Der Spiegel konnte das Böse nicht so stark aus ihm herauskitzeln. Jedenfalls nicht genug, um gegen mich zu bestehen. Das habe ich von Anfang an gesehen. Wieso, denkst du wohl, habe ich dich geschont und es immer nur auf Mark abgesehen?«

Eine große Welle schwappte ans Ufer. Schwemmte ein Stück Treibholz an, das für mich ebenso nutzlos war wie die Harpune zu Papas Füßen.

»Weil er es nicht wert war, von mir ausgebildet zu werden«, erklärte mir der Teufel in dem Körper meines Vaters. »Das Negative in ihm, das der Spiegel zum Vorschein brachte, hätte nicht einmal ausgereicht, um mir einen Kratzer beizubringen. Geschweige denn, mich zu töten. Du aber, lieber Simon, bist aus einem ganz anderen Holz. Du hast die besten Anlagen, wie du ja schon bewiesen hast, als du mich verbrennen wolltest.«

»Ich bringe dich um!«

»Schon vergessen? Das kannst du nicht!«

Er lachte das Lachen eines Unbesiegbaren. Dabei zerbröselte er mit bloßen Händen den Spiegelsplitter.

»Das war der Letzte«, sagte er und streute die kleinen Krümel in die Luft. Ein Windhauch, der auf einmal auffrischte, trug sie fort, auf den See. Ich sah nach oben in den Himmel, konnte keine Wolke erkennen. Auch die Äste der Bäume bewegten sich nicht.

»Es gibt keine Seelenspiegel mehr. Sie sind alle verschwunden.«

Er griff sich die Harpune, zog dann meine Mutter an dem Netz auf die Beine. Sie schrie, als sich ihr ausgekugelter Arm verdrehte. Dann, als er sie in die Luft hob, riss der Schrei ab, und sie wurde ohnmächtig.

Um mich vollends zu demütigen, drehte Papa mir den Rücken zu. Entfernte sich mit schweren, selbstsicheren Schritten. Meine Mutter wie ein Stück Teppich geschultert.

»Beeil dich!«, rief er mir zu, ohne sich umzudrehen, auf seinem Weg zurück zur Hütte. »Die große Pause ist vorbei. Der Unterricht geht weiter!«

47. Kapitel

Er nannte es »Freiluftklasse«. Denn die Hütte war natürlich abgebrannt, jedoch nicht gänzlich, wie ich bei der Feuersbrunst, die ich ausgelöst hatte, erwartet hätte. Die Grundkonstruktion war von erst jetzt sichtbaren Stahlträgern gehalten worden, die dem Flammenmeer getrotzt hatten. Sie spannten sich über die Überreste des Brandes wie die Linien einer Kinderzeichnung vom Haus vom Nikolaus.

Auch ein Stuhl und die Tafel hatten überlebt, vielleicht weil eine erste Hitzewelle sie aus dem Höllenkreis der Flammen geschleudert hatte. Beide waren rußgeschwärzt und stanken nach Öl, aber sie taten noch ihren Dienst, weshalb mein Vater die Tafel nahezu an derselben Stelle wie zuvor platziert hatte, den Stuhl allerdings einen Meter von dem Krater entfernt, in dem der Öltank ausgebrannt war.

»Bereit für die nächste Lektion?«, fragte Papa, nachdem er mich aufgefordert hatte, mich zu setzen.

Er schlug sich mit einem kurzen Rohrstock auf die Innenfläche seiner freien Hand, und ich spürte, dass der Wahn meines Vaters sich noch einmal intensiviert hatte. Marks Tod schien eine geradezu belebende Wirkung auf ihn zu haben, so als wäre die Lebensenergie meines Bruders mit seinem Tod auf Papa übergegangen. Seine Augen glühten wie Herdplatten, die man über Tage nicht abgestellt hatte. Weiß und gleißend. So heiß, dass ich mich nicht gewundert hätte, wenn die Lider meines Vaters beim Blinzeln zischend verbrannt wären.

»Entschuldige meine mangelhafte Vorbereitung«, sagte er und pochte mit dem Zeigestock auf die Karte, die er etwas provisorisch über die Tafel gehängt hatte.

Sie zeigte die anatomische Zeichnung eines nackten Mannes, sowohl von der Vorder- als auch von der Rückseite.

»Ich habe auf die Schnelle keine vergleichbare Abbildung eines Frauenkörpers gefunden.«

Er blickte zu Mama, die direkt neben der Tafel befestigt war. *Befestigt.*

Ein treffenderes und weniger qualvolles Wort gab es nicht für das, was er ihr angetan hatte.

Sie steckte immer noch in dem Netz, unfähig, sich zu rühren, doch jetzt führte eine Stahlkette von den Handgelenken auf ihrem Rücken nach oben zu einem Haken in der Decke.

Kraftlos und zitternd versuchte Mama das Gleichgewicht zu halten. Sobald sie in irgendeine Richtung kippte, würde ihr Gewicht an ihrer ausgekugelten Schulter hängen.

»Die maskulinen Punkte treffen aber auch auf den weiblichen Corpus zu, tatsächlich hat der Mann sogar noch einige Stellen mehr, wie dir sicher auf den ersten Blick klar wird, wenn du so gütig sein könntest, nicht deine Mutter, sondern die Tafel anzuschauen.«

Er schlug den Rohrstock mehrfach gegen das Holz, und ich sah zu den aufgehängten Zeichnungen.

»Siebenundvierzig Punkte«, sagte er. »Und du wirst sie alle auswendig lernen, noch heute Abend, denn gleich morgen schreiben wir einen Test.«

»Wieso?«, fragte ich. Nicht, weil mich die Antwort interessierte, sondern um Zeit zu schinden. Ich war Papa nur gefolgt, um Mama zu retten, und hatte nicht den geringsten Plan, wie ich das anstellen sollte.

»Das sind die Schwachstellen des Menschen. Angriffspunkte, auf die du dich beim Kampf konzentrieren musst. Alle sind extrem schmerzhaft, manche zerbrechlich und einige wenige bei einem gezielten Treffer sogar tödlich. Du wirst es lernen.«

Er ging zu meiner Mutter, die mit dem einen, weit aufgerissenen Auge seine Bewegungen verfolgte, bis er so dicht neben ihr stand, dass ich nur noch das Weiße darin sehen konnte.

»Beginnen wir mit Punkt 5. Dieser Nerv hier.«

Papa packte Mutters Kopf und grub seinen Daumen direkt hinter ihr Ohr. Sie schrie, und ihre Knie zitterten dabei wie elektrisiert, aber sie schaffte es, das Gleichgewicht zu halten.

»Eine unglaublich druckempfindliche Stelle. Aber ein in Extremsituationen auszuhaltender Schmerz«, sagte Papa und fuhr dann fort. »Anders als Punkt 33 natürlich, das weißt du besser als deine Mutter, nicht wahr?« Papa zeigte mit dem Rohrstock in der Linken auf den Hodensack der Zeichnung und lächelte.

»Hingegen etwas unterhalb von Punkt 13, zu beiden Seiten von Punkt 14 ...«, er pochte mit zwei Fingern auf die Stelle unter Mamas Kehlkopf, »... liegt die Schilddrüse. Ein direkter Schlag kann zum Tode durch Schock, Erstickung oder inneren Blutungen führen. Vorausgesetzt, du

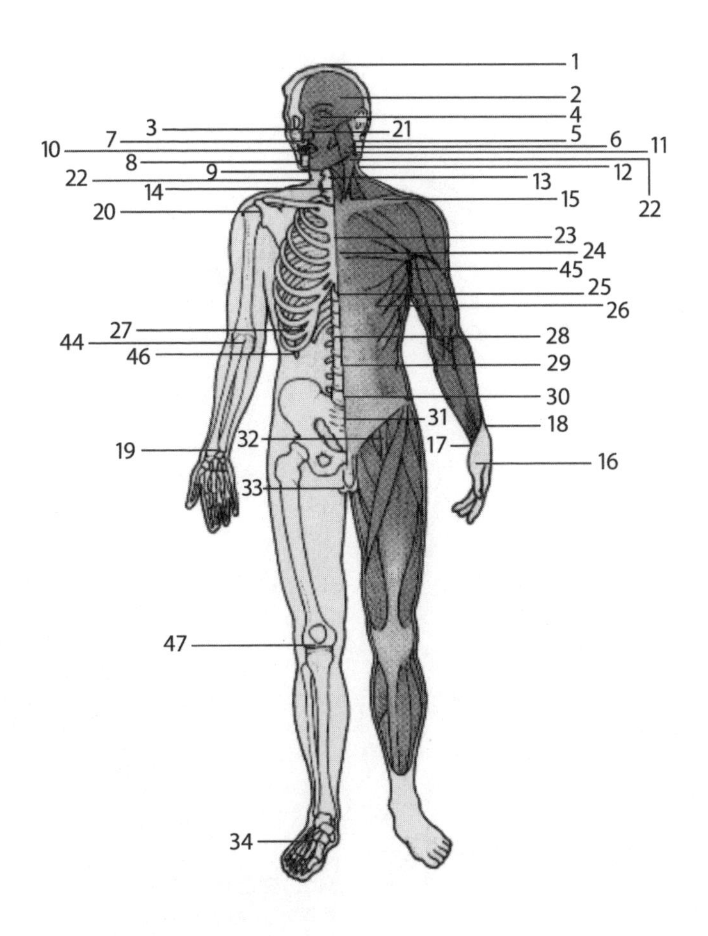

lernst, wie du ihn richtig ausführst.« Er lächelte. »Und das wirst du, mein Sohn.«

Meine Mutter wankte sanft wie Schilf im Wind und hielt ihr Auge geschlossen. Durch den Duft der kalten Asche, des verbrannten Holzes und der Dieselrückstände hindurch konnte ich ihre Angst riechen. Und dieses Aroma der Furcht, das sich zwischen uns in der »Freiluftklasse« ausbreitete, löste ein Gefühl bei mir aus, das ich als vollkommen unangemessen empfand. So unangemessen, dass ich mich selbst dafür schämte, denn ich war … *fasziniert.*

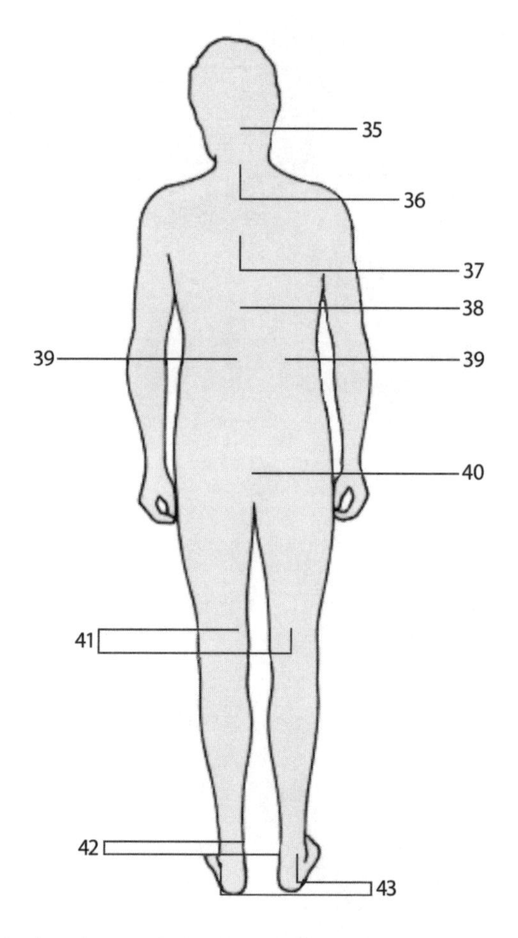

Ich finde bis heute kein besseres Wort für das, was ich fühlte, wenn auch nur für einen kurzen Moment, bis das Grauen mich wieder packte. In einer Sekunde noch hatte ich aufspringen und meinem Vater an die Gurgel gehen wollen, in der nächsten ertappte ich mich dabei, wie ich ihm aufmerksam zuhörte und auf einmal sogar etwas Ähnliches wie Verständnis aufbringen konnte. Einen kurzen Augenblick lang ergab alles einen Sinn. Mein Vater, meine Mutter. Der Unterricht. Selbst Marks Tod.

Dann aber öffnete Mama wieder ihr verbliebenes Auge,

und jegliches positive Gefühl war verschwunden. Ich spürte wieder den Hass auf meinen Vater und die Ohnmacht, wie ich der Unsterblichkeit das Leben meiner Mutter entreißen sollte. Seltsamerweise schienen meine negativen Empfindungen nun etwas milder zu sein als vorhin noch am Strand.

»Was weißt du über Punkt 41?«, wollte Papa von mir wissen. Ich musste eine Weile lang unaufmerksam gewesen sein, jedenfalls hatte ich nicht mitbekommen, wie er zur Tafel zurückgegangen und meine Harpune plötzlich in seine Hand gelangt war.

»Der Oberschenkel?«, krächzte ich.

Papa richtete die Waffe auf meine Mutter aus, die so einen Schreck bekam, dass sie ins Straucheln geriet. Zuerst hörte ich ein klirrendes Geräusch, dann ein *Krack*, als sich die Kette spannte. Mitten im Schrei wurde meine Mutter wieder ohnmächtig.

Wieder wunderte ich mich über meinen Mangel an Mitleid, als ich sie an ihrem ausgekugelten Arm hängen sah, wie ein Folteropfer in einem irakischen Gefängnis.

Die Empathie war da, aber sie köchelte auf kleiner Flamme.

Fast war es so, als ob ich mich zusammenreißen musste, um mich an meinen Hass auf Papa zu erinnern. Das Bild von Marks Leiche am Strand half mir dabei.

»Genau, diesen Punkt am Oberschenkel musst du dir merken. Hier verläuft eine Hauptschlagader. Die ist so dick wie ein Gartenschlauch. Wird sie verletzt, verliert man so viel Blut, dass man innerhalb von drei Minuten stirbt.«

Er ging zu Mama zurück und setzte die Spitze der Harpune an der benannten Stelle an.

»Lass mich das machen«, sagte ich, und erstaunlicherweise hörte ich selbst, dass meine Stimme aufrichtig klang.

Ich meinte, was ich sagte. Nicht, weil ich ein so guter Lügner war. Sondern weil es mich tatsächlich in den Fingern juckte.

Papa hatte es auch gehört. Er wunderte sich zwar. Sah mich misstrauisch an. Aber dann wiederholte ich meine Bitte, während ich ihm direkt, und ohne zu zucken, in die Augen sah, und schließlich nickte er zufrieden.

Außerdem, was hatte er schon zu verlieren? Töten konnte ich ihn ja nicht.

Er überließ mir die Waffe.

Mama wimmerte sanft. Der Schmerz schien ihr die Ohnmacht wieder entreißen zu wollen.

»Welche Seite wählst du?«, fragte Papa mich und tippte abwechselnd auf das rechte und linke Knie meiner Mutter.

»Dieses Bein«, sagte ich.

Und feuerte meinem Vater in den Oberschenkel.

48. Kapitel

Papa schnalzte mit der Zunge. Ein Geräusch, mit der man sich über einen kleinen Fauxpas ärgert, etwa wenn jemand im Bus die Nase hochzieht oder ein Kind laut beim Essen schmatzt.

Er tat so, als wäre das Blut, das ihm aus der geöffneten Schlagader strömte, für ihn nicht mehr als eine geringfügige Unannehmlichkeit. Es tränkte seine Jeans, verfärbte sie schwarz und ergoss sich auf die Asche zu seinen Füßen. Bald standen seine Stiefel in einer Pfütze. »Du weißt doch, du kannst mich nicht töten, Simon.« Er klang geradezu freundlich, auch wenn ich ihm ansah, dass er die Schmerzen, die er trotz der Spiegelung spürte, nur mit Mühe überspielen konnte.

Ich nickte Papa zu. Stolz, für den Moment meinen Widerwillen überwunden zu haben. Es hatte eine ungemeine Anstrengung gekostet, die Stimme in meinem Kopf zu ignorieren, die mir kurz vor dem Abschuss befohlen hatte, das Opfer zu wechseln.

»Nimm deine Mutter. Deine Mutter. Nicht den Vater.«

War ich dabei, den Verstand zu verlieren?

Weit über dem See stieß eine Krähe einen klagenden Laut aus, der in den Bäumen der Insel ein Echo fand.

»Niemand kann mich töten, Simon. Ich bin unsterblich.«

Er kam auf mich zu und knickte beim Gehen leicht ein.

»Das ist jetzt wirklich blöd«, sagte er vorwurfsvoll. Um die Nase herum wurde er langsam blass. »Schön, ich bin jetzt eine Weile schwach. Werde mich bald nicht mehr bewegen können. Gut, aber was willst du tun? Mich wieder anzünden? Mich vergraben? Einmauern? Wo denn hier? Ohne Werkzeug?«

Er sprach mit belegter Zunge. Der Blutverlust machte sich auch in seinem Sprachzentrum bemerkbar.

»Willst du mich im See versenken?«

Es klang wie *»Schee verscheeenken«*.

Er streckte die Arme nach mir aus. Ich ging einen Schritt zur Seite, und er griff ins Leere.

»Lass dir eins gesagt sein, Simon.« *Schiiimon.* »Das alles hat keinen Sinn. Selbst wenn du es schaffst, ich werde mich immer und überall befreien und gesund und wohlbehalten zurückkehren. Alles, was du mir nimmst, ist Zeit. Du tötest mich nicht, du machst mich nur wütend.«

»Ich weiß«, sagte ich und erinnerte mich an Stotter-Peters Worte am Telefon. Dann stolperte er, und ich ließ mich kontrolliert mit ihm zu Boden gleiten. Nahm ihn in die Arme.

Spürte die Wärme seines Blutes auch auf meinem Bein, und das fühlte sich gut an.

Ich verdrängte wieder die bösen Stimmen in meinem Kopf und hielt ihn, so fest ich nur konnte. Drückte mein Gesicht gegen seins. »Was tust du?«, fragte er, zu kraftlos für den Moment, um mich abzuwehren.

Ich nahm seinen Kopf in beide Hände, sah ihm in die Augen.

»Ich liebe dich, Papa.«

Er verzog seine mittlerweile regenwurmfarbenen Lippen zu einem ungläubigen Lächeln.

»Mich?«, fragte er, seltsam berührt.

Ich machte mir keine falschen Hoffnungen. Es war nicht so, dass mit dem Blut das Böse aus ihm heraussickerte. Aber es geschah das, womit ich gerechnet hatte: Er war geschwächt. Falsch. *Es* war geschwächt. Fast so, als würde der Teufel, der in ihm wohnte, ein kurzes Nickerchen halten. Für einen Moment gelang es seinem alten Ich, die Tür des Kerkers zu öffnen, in dem es gefangen gehalten wurde.

Der Wahn in seinen Augen war nicht erloschen, nur zur Seite gedrängt. Eine andere, liebevollere Wärme kämpfte sich nach oben. Schwach, aber sie kämpfte.

»Ich hab dich so lieb«, sagte ich mit Tränen in den Augen und dachte an all das, was er mir beigebracht hatte. Schwimmen, lesen, die Schuhe zubinden, Brüche im Kopf rechnen, Tierspuren im Schnee erkennen, Fahrradfahren, lachen, leben, lieben …

»Ich …« Seine Lippen formten ein A, und ich will glauben, dass er ›auch‹ hatte sagen wollen, bevor er in meinen Armen starb.

Ich wartete eine Weile, bevor ich mich von ihm löste. Dann beeilte ich mich, bevor die Stimmen in meinem Kopf wieder lauter wurden, und löste erst meine Mutter von ihren Ketten (den Schlüssel dazu fand ich in der Hose von Papa), dann zog ich den Pfeil aus seinem Schenkel.

»Ich bin unsterblich«, hauchte er in meinen Gedanken.

»Ich weiß«, murmelte ich zu mir selbst, während ich ihn auf den Rücken drehte und die Harpune wieder spannte.

Setzte an. Genau bei Punkt 39.

»Man kann dich nicht töten. Aber manchmal ist Sterben nicht das Schlimmste auf der Welt«, sagte ich.

Mit dem Schuss in Papas Rückgrat kam meine Mutter wieder zu Bewusstsein.

Fünfzehn Jahre später

49. Kapitel

»Also das ist es, Papi?«

»Hier ist es passiert?«

Meine beiden kleinen Mädchen, sieben und acht Jahre alt, plapperten wild durcheinander.

»Hier auf dieser Insel?«

Ich wischte mir die Tränen, mit denen ich seit meiner Ankunft zu kämpfen hatte, aus den Augenwinkeln und bejahte ihre aufgeregten Fragen.

»Aber die Insel ist wunderschön!«

Ja, eigentlich ist sie das.

Es ist jetzt lange, lange Zeit her, und natürlich habe ich meinen Kindern nicht alles erzählt. Ich bin ja kein herzloser Idiot. Im Grunde genommen haben sie nur von mir gehört, dass Papa hier eine schlimme Zeit mit seinem Vater hatte und es zu einem Unfall gekommen war, der meinen Bruder das Leben und Mama ihre geistige Gesundheit kostete, wobei ich mir sicher bin, dass die kleinen Racker sehr viel mehr wissen, als sie vorgeben. Manchmal denke ich, sie müssen ihre Oma nur ansehen, wenn sie sie im Heim besuchen, und obwohl meine Mama seit jenem Tag kein einziges Wort mehr gesprochen hat, hab ich das Gefühl, sie hat es ihren Enkeln trotzdem irgendwie mitgeteilt. Vielleicht hat sie in einem unbedachten Moment ihre Augenklappe weggenommen, und der Blick auf die vernarbte, leere Höhle hat es meinen Kindern verraten. Wer weiß, manchmal habe ich derart komische Träume nicht nur beim Schlafen.

Außerdem gibt es ja noch Internet und Google, was 1993 fast noch Science-Fiction gewesen war, genauso wie die Vorstellung, dass die meisten Menschen mittlerweile permanent ein Telefon mit sich rumschleppen. Damals hatte man Glück, wenn man ein kabelloses zu Hause hatte, dessen Empfang bis in den Garten reichte, und es gab nichts, was einem gleichgültiger sein konnte als sein Klingelton.

»Irgendwann werden sie es erfahren«, hatte Sandy gesagt, da waren die Kleinen noch nicht einmal im Kindergarten. »Wenn nicht durch uns, dann durch Freunde. Es gibt ja genügend Artikel im Netz.« Womit sie selbstverständlich recht hatte. Auch damit, dass sie es besser aus unserem Munde erfuhren als von Dritten.

Das Gros der Berichterstattung war nämlich nicht sonderlich freundlich gewesen, zumindest anfangs nicht. Sie hatten mir schlichtweg nicht geglaubt.

Vater, Mutter, Bruder – so viel Schmerz, Leid und Tod in einer Familie, und der überlebende Sohn war der Typ mit der Harpune in der Hand; dazu die DNA und das Blut auf seinem Körper verteilt. Auch Sandy haben sie nicht geglaubt, die Richterin dachte, sie leide an einem Stockholm-Syndrom und habe sich in mich, ihren Peiniger verliebt. Aber ich bin mir sicher, hätte Sandy nicht für mich ausgesagt, hätten sie mich nicht nur für fünf Jahre in die Jugendpsychiatrie gesteckt, sondern auf ewig in der Geschlossenen versauern lassen. So kam ich schnell in den offenen Vollzug, und heute muss ich mich nur noch einmal die Woche wegen meiner posttraumatischen Belastungsstörungen zur Psychotherapie einfinden.

Ich bin zwar der Meinung, dass sie mir bislang nicht viel genützt hat, auch nicht das Cipralex, das ich wegen der Depressionen und Zwangshandlungen schlucke, aber vielleicht brachte diese Angstexposition ja heute etwas.

Die Rückkehr zum Ort des Grauens.

Zur Insel.

Hier stand ich nun wieder auf dem morschen Steg und sah zum Strand hinunter, wo das Ende seinen Anfang genommen hatte.

»Hey, Großer.«

Ich roch sie, bevor ich ihre Arme um meinen Hals fühlte.

Sandy war nach mir aus dem Boot gestiegen, das wir in Bad Saarow gemietet hatten, und hatte sich von hinten an mich angeschlichen. Ihre Arme hielten mich fest, und ihr Duft, neben dem ich so gerne einschlief, umhüllte mich.

Ihre Körperwärme zu spüren war, wie eine eigene Sonne zu besitzen.

»Wirst du ihnen jemals alles erzählen?«, flüsterte sie mir ins Ohr. Streichelte mich mit ihrer Vier-Finger-Hand, wie sie sie selbstironisch nannte.

Den Kindern?

»Nein«, sagte ich. *Vielleicht,* dachte ich.

Früher war ich mir nicht sicher gewesen, ob sie die ganze Wahrheit kennen müssen, denn die würde sie nur beunruhigen. Aus diesem Grund hatte ich ja noch nicht einmal Sandy alles bis ins kleinste Detail erzählt.

Sie wusste, dass ich vergeblich versucht hatte, Mark wiederzubeleben, und am Ende meinem Vater eine Harpune direkt zwischen zwei Rückenwirbel jagte, weswegen er jetzt eine Gemeinsamkeit mit Stotter-Peter hatte, nämlich querschnittsgelähmt zu sein.

Natürlich hatte sie sich gewundert, denn da sie selbst einmal den »Kontakt« gehabt hatte, wusste sie ja, dass man eigentlich unverwundbar war, sobald man in den Seelenspiegel blickte. Jeder in Storkow und Umgebung kannte die Sage. Außerdem, so hatte sie mir einmal erzählt, spürte man diese Kraft, wenn sie auf einmal in einem wohnte, und verstand ihre Wirkungsweise intuitiv; wie ein Zugvogel, der irgendwann von ganz alleine weiß, wohin er im Winter fliegen muss. Sandy wusste also, dass ein Normalsterblicher meinem Vater noch nicht einmal eine dauerhafte Verletzung beibringen können dürfte. Schließlich aber hatte sie sich mit der Erklärung *»Jedes Monster hat wohl eine Achillesferse«* zufriedengegeben. *»Und diese lag bei meinem Vater im Rückgrat.«*

Vielleicht hatte sie der Fakt beruhigt, dass ich es nicht geschafft hatte, ihn zu töten, sondern nur an seinen Rollstuhl und damit vor die Glotze zu fesseln, wo er mir nichts mehr anhaben konnte. Vielleicht aber hatte sie einfach nur Angst vor der Wahrheit gehabt und deshalb nicht nachgebohrt. In diesem Falle wäre die Angst begründet gewesen.

Denn wenn sie wüsste, was damals wirklich geschehen war, würde sie jetzt nicht meinen Nacken küssen.

Sagte ich gerade, mir sei es nicht gelungen, meinen Bruder wiederzubeleben? Nun, das war nicht gelogen. Nicht ganz jedenfalls. Es gelang mir nicht für immer. Wohl aber für eine kurze Zeit. Für fünf Sekunden etwa.

Und in diesen Sekunden geschah etwas, was ich nicht anders beschreiben kann als mit dem Gefühl, einen Schwarm winziger Spinnen zu inhalieren, die aus seinem Mund in meinen Körper krochen.

Es waren nicht viele. Sehr viel weniger als die, die sich damals von Sandys Körper auf den Weg in meinen Vater gemacht hatten; aber es waren offenbar genug, um etwas in mir zu aktivieren, von dem mein Vater schon immer gewusst hatte, dass es tief in meinem Innersten verankert war: das Böse.

Verstehen Sie mich nicht falsch. Ich bin nicht völlig gespiegelt, keineswegs. Sonst würde mein Vater nicht mehr leben.

Aber ich fühle mich infiziert. Diese Infektion hatte ich schon in der »Freiluftklasse« gespürt. Die Stimmen, die mir sagten, ich solle den Unterricht nicht stören. Und meine Mutter töten.

Sie sind mit den Jahren lauter geworden.

Was immer damals von meinem Bruder auf mich überging – es wächst. Wie ein Tumor, gegen den es keine Bestrahlung gibt.

Das alles wussten weder Sandy, meine wunderbare Frau, noch meine kleinen Kinder, die in diesem Augenblick lachend durch die Zweige der Nadelbäume brachen und zu uns am Steg herüberwinkten: »Mami, Papi, kommt mal mit. Das müsst ihr sehen.«

»Wieso, was gibt es denn?«, fragte lächelnd meine bildhübsche Frau, die Liebe meines Lebens.

»Wir haben ein Klassenzimmer entdeckt, in einer Hütte. Es sieht aus wie bei uns in der Schule«, kreischten meine wunderbaren, fast vollkommenen Kinder, die noch nie in ihrem Leben gelernt hatten, was es heißt, Angst zu haben. Und ich rede hier von echter, alles durchdringender, wahrhaftiger Angst.

Nun ja.

Das konnte ich ihnen in den nächsten Tagen ja beibringen …

Patiententagebuch – Ende

Hiermit enden meine Aufzeichnungen. Ich habe keine Lust mehr, für Dr. Frobes' Abendunterhaltung zu sorgen, denn ich bin mir sicher, dass er mein Tagebuch wie einen banalen Krimi kurz vor dem Einschlafen gelesen hat. Vielleicht hat er seiner magersüchtigen Frau daraus vorgelesen. Möglicherweise sogar zu den Stellen masturbiert, in denen es um Sex ging, und es danach mit fleckigen Händen an Sie weitergereicht, wer immer *Sie* auch sind.

Es interessiert mich nicht.

Wieso soll ich jetzt auch noch aufschreiben, was ich mit meiner Frau Sandy und meinen Kindern auf der Insel »erlebt« habe? Fünfzehn Jahre, nachdem ich die Blutschule meines Vaters überstanden hatte.

Sie wissen doch, wo ich heute bin. Kurz nachdem ich mit meiner Familie die Insel besuchte (und alleine von ihr wieder zurückkehrte), starb mein Vater. Leider hat man mich unmittelbar nach seiner Beerdigung gefasst. Er hatte sich an einem Toastbrot verschluckt. Letztlich konnte er nur durch eigene Hand sterben. Erinnern Sie sich, wie ich beim Begräbnis war, weil ich seinen Tod nicht glauben wollte?

Wenn nicht, lesen Sie sich noch einmal die ersten Seiten dieses Tagebuchs durch.

Und wenn Sie genau wissen wollen, was mit Sandy und

meinen Kindern passiert ist, denken Sie einfach an mich und Mark und an all das, was wir 1993 durchmachen mussten. Dann multiplizieren Sie den Schrecken mit einer Million – und Sie sind auf halber Strecke angekommen.

Sie glauben mir nicht?

Tja, dann sind Sie in bester Gesellschaft mit meinen Psychiatern, Betreuern und den Pflegern, die mich ohne Fußketten nicht mal auf Toilette lassen.

Aber ich kann Sie verstehen. Ich würde mir auch nicht glauben. Dass das Böse in mir wohnt und ich im Prinzip unschuldig bin an all den Toten. Dem Leid. Weil nicht ich es war, sondern das, was sich in meiner Seele eingenistet hat.

Aber wissen Sie, was meine Hoffnung ist?

Dass mich irgendjemand hier drinnen umzubringen versucht.

Mir den Kopf einschlägt oder mit einem Messer auf mich einsticht. Und man danach meinen toten Körper aus dem Psychoknast hier rausschafft.

Und wissen Sie, was? Ich glaube, dann komme ich zu Ihnen.

Sobald ich wiederauferstanden und zu Kräften gekommen bin, mache ich mich auf den Weg.

Um es Ihnen zu beweisen.

Dass ich die Wahrheit spreche.

Dass ich nichts dafür kann.

Dass es einfach meine Natur ist, zu töten.

Und am Ende, kurz bevor Sie Ihren letzten Atemzug tätigen und mir, während Sie sterben, in die Augen schauen, werden Sie es verstehen.

Da bin ich mir sicher.

Todsicher.

Abschließender Hinweis des behandelnden Arztes
Prof. Dr. Fabian Frobes

An dieser Stelle enden die Patientenaufzeichnungen von Simon Zambrowski.

Er war vier Jahre lang in psychiatrischer Sicherheitsverwahrung meiner Klinik. Seine Einweisung erfolgte nach langer, bundesweiter Suche kurz nach der Beerdigung seines Vaters.

Vor drei Wochen ist ihm auf bislang unbekannte Weise die Flucht aus dem Hochsicherheitstrakt gelungen.

Trotz intensiver Suche bleibt er spurlos flüchtig.

Beschwerde

Die meisten Autoren pappen eine Danksagung hinter ihr Werk, der Sinn hat sich mir nie erschlossen.

Wenn der Leser, und für den ist das alles hier ja wohl gedacht, Lust auf unbekannte Namen hätte, dann würde er zum Telefonbuch greifen.

Sollte man den wenigen, die einem wirklich geholfen haben, nicht besser persönlich danken? Wenn überhaupt, ergibt eine Beschwerdeliste am Ende eines Romans doch einen viel größeren Sinn, denn Sie kennen das sicher auch: Im Leben gibt es sehr viel mehr Menschen, die einem Steine in den Weg legen, als solche, die einem dabei helfen, sie wieder wegzuräumen.

In diesem Sinne widme ich diese Zeilen unter anderem:

Meiner Deutschlehrerin Frau Grossow, die mir in der 9. Klasse eine Sechs gab, weil sie meinte, ich hätte meine Kurzgeschichte geklaut, sie wüsste nur nicht, von wem.

Herrn Sachtschneid von meiner Hausbank, der mir keinen Kredit gab, weil meine Selbstständigkeit nach eingehender Prüfung nicht auf einem tauglichen Geschäftsmodell fuße.

Den vierzehn Verlagen, die mir eine Formbriefabsage zurücksandten, und das, obwohl ich einigen von ihnen nur Seiten mit sinnlosem Blindtext geschickt hatte.

Meinem ersten Chef, Dr. Dirksen, der meine Texte als seine eigenen ausgab.

Meiner ersten Liebe Tanja, die mich … na ja, das können Sie sich ja denken.

Eigentlich danke ich euch allen doch. Ihr habt mir die Wut und damit die Kraft geschenkt, die man braucht, um ein Buch zu schreiben.

Max Rhode,
irgendwann an einem verdammt heißen Sommertag.